저 엉해 저

AUTOUR

D'UNE

VIE CORÉENNE

韓國歷史小說

한국역사소설

ÉDITIONS AGENCE KOREA

AUTOUR
D'UNE
VIE CORÉENNE

어느 한국인의 삶

김성혜

경기여중·고, 서울대학교 불문과와 동대학원을 나와,
프랑스 정부 장학생으로 남프랑스 뚤루즈대학 대학원에서 쌩떽쥐베리를 연구했다.
삼성물산 파리지사에서 일하면서, 프랑스 예술문화 분야 자료들을 한국어로
옮기는 작업을 진행해 왔다.

장석흥

국민대학교 한국역사학과 교수로 있으며, 독립기념관 한국독립운동사연구소장을 지냈다.
2017년 연구년을 맞이해 프랑스 파리 디드로대학교(파리7대학) 대학원에서
'한국독립운동사'를 강의하고, 서영해의 프랑스 자료를 발굴해
2018년 3월 〈대한민국 임시정부 주불 특파위원, 서영해의 독립운동〉을 발표한 바 있다.

AUTOUR
D'UNE
VIE CORÉENNE

어느 한국인의 삶

1판 1쇄 발행 2019년 2월 11일
1판 3쇄 발행 2019년 4월 7일

저   자 서 영 해
번   역 김 성 혜
해   설 장 석 흥

펴 낸 곳 역사공간
등   록 2003년 7월 22일 제6-510호
주   소 03996 서울특별시 마포구 월드컵로100 4층
전   화 T. 02-725-8806 F. 02-725-8801
전자우편 jhs8807@hanmail.net

• 잘못된 책은 바꾸어 드립니다.
• 이 도서의 국립중앙도서관 출판예정도서목록(CIP)은 서지정보유통지원시스템 홈페이지(http://
  seoji.nl.go.kr)와 국가자료공동목록시스템(http://www.nl.go.kr/kolisnet)에서 이용하실 수
  있습니다.(CIP제어번호: CIP2019002699)

값 14,500원

ISBN 979-11-5707-187-6 (03810)

서영해 한국역사소설

AUTOUR
D'UNE
VIE CORÉENNE
어느 한국인의 삶

김성혜 번역
장석홍 해설

이 책과의 만남은 우연이었다. 재작년 겨울 평소 가까이 지내는 무슈 로맹의 집을 방문했을 때다. 재불 한인사회에 대한 얘기 끝에 그가 서가에서 '한국역사소설'이라며 꺼내온 것이 바로 《Autour d'une vie coréenne》였다. 그런데 책 겉장부터가 낯설었다. 저자 이름은 한글로 '서영해', 제목은 불어로, 부제는 '韓國歷史小說'·'한국역사소설'이라 쓰고, 출판사는 영어로 Korea Agence라 표기한 것이 특이했다. 이런 표지는 처음 보는 것이라 난감하기도 했고, 어딘가 세련되지 못한 느낌이 들었던 것이 사실이다.

별 흥미 없이 책장을 넘기는 중에 매우 유려한 문장이 눈길을 끌었다. 100년 전의 문장이 아니라 현대 프랑스어처럼 느껴질 정도였다. 구사하는 어휘도 꽤 품격이 있었다. 한국의 시골풍경을 묘사한 장면들이 마치 한 폭의 동양화를 보는 듯 우아한 정취가 묻어나고 있었다. 창피한 얘기지만 난 서영해가 누구인지, 또 이런 책이 있었는지도 몰랐다.

마침 안식년을 맞이해 파리디드로대학(파리7대학)에서 '한국독립운동사'를 강의하는 장석흥 교수를 가끔 만날 기회가 있었다. 그는 강의를 하는 한편으로 파리의 독립운동가 서영해를 연구하고 있다고 했다. 그러면서 서영해 관련 자료를 찾아와 몇 번인가 함께 윤독한 일이 있었다. 그 자료들에는 이 책에 대한 당시 프랑스 언론의 서평, 인터뷰 기사들도 있었다. 프랑스인들은 이 책을 통해 새로운 한국을 발견한 것처럼 놀라울 정도로 뜨거운 반응을 보였다. 그래서인지 간행과 함께 1년 만에 5쇄를 낼 만큼 베스트셀러가 됐고, 당시 프랑스 대통령 폴 두메르Paul Doumer에게 이 책이 헌정된 사실도 알았다. 그뿐 아니라 프랑스의 웬만한 국공립도서관에는 이 책이 비치되어 있었다. 내가 아는 프랑스 지인들 역시 이 책을 소장한 이들이 적지 않았다.

결국 나는 이 책을 정독하기로 마음먹었다. 한국의 오랜 역사문화와 독립운동을 다룬 이 책은 프랑스인들에게 신선한 충격을 주기에 부족함이 없었다. 당시만 해도 프랑스인들의 한국관은 일본이 왜곡한 내용으로 고정되었을 뿐이다. 그래서 프랑스인들은 중국의 오랜 속방이던 한국이 일본의 식민 지배를 받으며 비로소 문명을 접할 수 있었던 나라로 여기는 정도였다. 이 책에서는 4,200년의 역사를 지닌 한국이 고유한 문화를 발달시켜오다가, 일본의 침략을 받아 불행히도 나라를 잃었으나 한국인들이 용기를 잃지 않고 자유와 평화를 위해 전개한 독립운동을 담아내고 있었다. 미지의 세계에 대한 호기심이 유독 많은 프랑스인들에게 이 책은 소설이 아닌 사실로 다가갔고, 한국의 역사문화와 독립운동의 진실을 전달할 수 있었다. 그 울림은 독립운동 역사에 문외한인 나에게도 마찬가지였다.

이 책을 우리 글로 옮기기로 작정한 것은 한국의 젊은이들에게 이 책에서 이야기하고 있는 독립운동의 진실을 전하고픈 마음에서였다.

서영해가 파리에 온 것은 1920년, 그러니까 100년 전의 일이다. 그는 19세의 소년이었다. 프랑스어를 하나도 모르던 이방인 소년은 파리위원부의 주선으로 파리 근교의 보배에 있는 초등학교에 들어갔다. 11년 초·중·고 과정을 6년 만에 마친 그는 파리에 올라와 소르본대학과 언론학교를 다녔다. 한국의 독립운동을 알리기 위해 기자를 꿈꾸던 그는 1929년 고려통신사를 설립하고 첫 사업으로 이 책을 간행했다. 프랑스에 온 지 9년 만의 일이었다.

프랑스인 독자를 상대로 쓰인 이 책은 문장이나 어휘, 표현 모든 게 완벽했다. 프랑스어를 수십 년 배우고 익힌 나였지만 경탄하지 않을 수 없었다. 그러나 더 가슴을 뭉클하게 한 것은 이 책에서 끝없이 묻어나는 조국 한국에 대한 사랑과 독립운동에 대한 열정이었다. 외국 생활을 오래 한 나에게 그의 사랑과 열정은 남다르게 다가왔다. 그리고 독립운동의 참뜻과 소중함을 다시금 생각해보는 계기가 되었다.

서영해는 1927년 이래 파리 팡테옹 근처 말브랑슈에서 20여 년을 살았다. 그의 거처는 허름한 호텔의 조그만 쪽방이었다. 지금도 이 호텔이 남아 있는데, 당시 이 동네는 소르본대학을 비롯해 가난한 고학생들이 모여 살던 곳이었다. 헤밍웨이도 무명기자 시절 1920년부터 6년간 이 동네에서 살았다. 헤밍웨이와 서영해가 살던 시기가 비슷한 무렵이었다. 헤밍웨이는 가난하고 고달팠지만 이때의 생활이 가장 행복했다면서 "파리는 축제다"라는 에세이집을 펴낸 바 있다. 파리의 일상을 담은 헤밍웨이의 글들은 지금도 살아 있는 듯 생생하다. 난방할 돈이 없어 추위를 피해 하루 종일 기사를 쓰던 카페가 그대로 있고, 끼니를 때우던 빵집과 간이식당도 그대로다. 서영해의 파리 일상도 크게 다를 바 없었을 것이다. 그래서 말브랑슈 거리의 카페를 몇 번인가 찾아가보았다. 어디선가 원고를 쓰고 있을 서영해를 만날지 모른다는 혼자만의 상상에 부풀어서 ….

서영해와 헤밍웨이는 비슷한 또래의 젊은이로 비슷한 시기에 파리의 같은 동네에서 살았고, 자유와 평화를 염원한 열정도 같았다. 다만 서영해가 식민지 한국인으로 독립운동에 매

달려야 했던 것이 달랐을 뿐이다. 서영해가 식민지 한국인이 아니었다면, 이 책에서 보여주듯이, 헤밍웨이 못지않은 문호가 되었으리라 생각했다.

그러나 그의 꿈은 오로지 한국의 독립이었고, 파리에 온 것도 그 때문이었다. 서영해의 독립운동은 여러 면에서 남달랐다. 누구의 도움도 없이 오로지 혼자의 몸으로 종횡무진 유럽 무대를 누볐다. 한국의 자유와 독립을 위해, 그리고 한국의 미래를 위해 그는 고군분투하면서 혼신을 불살랐다. 그는 학업을 마친 뒤 20여 년간을 기자로서, 작가로서, 국제정세 전문가로서, 인권평화운동가로서, 임시정부 특파원으로서 괄목할 자취를 남겼다. 그렇지만 그 모든 것들은 한국 독립으로 귀결되었다. 그의 직업은 영원한 독립운동가였다.

그는 자신의 삶을 조국의 독립을 위해 바쳤다. 이 책은 그런 서영해의 영혼을 담아낸 것이다. 프랑스인들의 감동을 이끌어냈건만 정작 이 책을 기억하는 한국인들은 별로 없다. 나도 예외가 아니었지만, 90년 전 프랑스에서 선풍을 일으켰던 이 책을 뒤늦게라도 세상에 다시 불러내고 싶었다.

우리 글 표현이 서툴러 애를 먹어야 했는데, 장석흥 교수의 도움을 얻어 부끄러움을 피할 수 있었다. 장교수는 서영해가 누구인지를 이해할 수 있도록 '해설'을 써 주었다. 이 '해설'은 사실 서영해에 대한 평전이라 해도 틀리지 않을 만큼 깊이 있는 연구이다. 심심한 감사의 인사를 드린다. 서영해 자료를 발굴하고 수집해준 이장규 선생에게도 고마움을 전한다.

이 책을 우리 글로 옮기는 동안 많은 분들이 격려하고 성원을 아끼지 않았다. 사랑하는 동생 현종과 혜종, 그리고 하늘나라에 있는 남편 최승언 교수는 마음속 깊은 곳에서 늘 버팀목이 되었다. 외로운 나를 따뜻하게 챙겨주는 무슈 로맹과 마담 로맹 부부, 마리오랑쥬 교수는 자기 일처럼 기뻐하며 응원했다. 항상 아끼고 용기를 잃지 않게 격려해주는 홍 관장을 비롯해 자매 같은 친구들의 성원도 큰 힘이 되었다. 정성을 다해 이 책을 꾸며준 역사공간과 주혜숙 사장에게도 감사의 뜻을 전한다.

이 책을 저자 서영해에게 바친다. 우리가 진 빚을 조금이라도 갚고 싶은 마음에서이다.

2019년 1월

파리에서 김 성 혜

─ 차례

AUTOUR
D'UNE
VIE CORÉENNE
어느 한국인의 삶

1부

한국의 전설적 역사

나는 극동에 위치한 어떤 나라의 전설적 역사를 간략히 개괄해보려 한다. 이 나라의 역사는 매우 독창적이며 무척이나 흥미롭다. 여러분은 이들의 역사를 통해 이 나라의 문화와 정신을 만나게 될 것이다.

내가 이야기하려는 나라와 사람들은, 바로 한국과 한국인이다.

한국의 전설적 역사에 대해서는 이제껏 프랑스의 어느 콩트 작가도 관심을 가져본 적이 없다. 그 전설적인 역사는 42세기 동안, 착하고 순진한 농민들의 입에서 입으로 전해져왔다. 한국 농민들은 그들이 사는 곳을 지상에서 가장 아름답고 행복한 곳, 무릉도원이라 여겼다.

이들의 역사가 '진실'을 담고 있으니, 한국의 역사를 '전설적'이라고 표현한 것은 적절하지 않을지 모른다. 이 역사 속에서 그들은 말했다.

우리 조상은 흑룡강 남쪽 강변과 영해(동해 - 역주) 북쪽 연안에 살았다. 그들은 나뭇잎으로 옷을 삼고, 과일을 따 먹었다. 날씨가 더울 때는 나무 꼭대기 새둥지에서 시원하게 지냈고, 추울 때는 동굴 속에서 몸을 따뜻하게 덮혔다.

그들의 이야기를 한 가지 더 들어보자.

어느 날 하늘에서 신이 내려왔다. 신은 천부인天符印 3개를 들고 있었다. 바람의 신, 구름의 신, 비의 신을 거느리고, 태백산(중국과 한국 국경 사이에 위치한 아시아의 몽블랑(알프스산맥의 최고봉 - 역주)이다)에서 자라난 수백 년 된 박달나무 밑에 자리를 잡았다.

이곳에서 신은 사람들에게 홍익인간L'Humanité의 정신을 널리 알렸다. 자비와 영예, 청렴이 깃든 휴머니즘의 정신을 일깨워주었다. 이들은 농사일을 종교처럼 숭상하며 부지런히 땅을 일구며 살았다. 그들의 종교는 사욕을 갖는 것이야말로 가장 큰 죄를 짓는 일이라 가르쳤다.

신은 180년간 이들을 다스린 후 단군이라는 이를 왕으로 삼았다. 그렇게 한국은 신의 시대에서 인간의 시대를 열었다. 단군은 '고요한 아침의 나라'라는 뜻에서, 나라 이름을 '조선'이라 짓고 평양에 도읍을 정했다. 인간의 자유와 평화를 꿈꾼 단군은 22년간 백성들을 다스렸다.

단군 시대에 이 나라는 원시국가에서 보기 드물게 높은 수준의 문명을 누렸다. 특히 동굴 벽화와 문자, 농경에 관한 지혜와 기술, 가축 문화 등은 이 나라 문명의 특징을 잘 보여준다. 하지만 이들 문화는 기원전 1122년 기자箕子가 중국 문명을 들여오면서 수면 아래로 가라앉았다. 중국의 귀족 출신인 기자는 중국의 한자漢字를 받아들여, 법령으로 규율을 제정하고 강력한 권력을 지닌 정부를 세웠다. 그리고 기자조선 역시 극동에서 빼어난 문명사회를 이룩했다.

이 나라는 기후가 온화했으므로 농경 산업이 일찍부터 번창했다. 신의 혜택을 받은 자연 환경 안에서 언제나 풍성한 결실을 거두었고, 늘 풍요로운 생활을 영위했다. 그렇게 백성들은 하늘에 감사하면서 기쁜 마음으로 충만한 삶을 누렸다.

그들은 인간을 널리 이롭게 하는 홍익인간에 뿌리를

둔 종교를 믿었고, 자기 자신보다 남을 배려하는 이타심을 높이 찬양했다. 그리고 이들의 맑은 정신과 청렴한 도덕성은 이웃나라에까지 널리 알려져 칭송과 흠모가 따랐다. 이토록 평화로운 세상에서 행복한 삶을 누리던 이들은 '침략'이라는 게 무엇인지, 또 어떤 것인지조차 모르며 그렇게 살았었다. 최근 한국을 여행한 프랑스 교수가 팸플릿에 한국을 소개한 글 한 편을 보자.

한국의 군사 놀이는 전통 춤의 테마와 다름없었다.

내가 서울에 있을 때, 전통 무용수들의 우아한 장군춤을 구경한 바 있다. 그들은 밝고 화려하면서도 몹시 세련된 비단 옷을 입었으며, 품위와 격조가 넘치는 투구는 흡사 그림같이 아름다웠다. 손에는 단검을 들고 있었는데 유려하면서도 절도 있게 율동적으로 칼을 부딪쳐갔다.

나는 감히 말한다. 장군춤을 보기 전까지는 왠지 살벌하고 무섭게만 느꼈던 '칼싸움'이, 이렇게 아름답고 감동적일지 전혀 몰랐다고. 장군춤은 환상 그 자체이다. 마치 꽃향기나, 꿀처럼 달콤한 '국향'·'홍련'·'옥향' 등 무용수들의 예쁜 이름만큼이나.

그것이 바로 한국의 전통 무용이다.

이상으로 한국의 역사 개요를 마치면서, 주목할 만한 두 가지의 이야기를 덧붙이려 한다. 아마도 여러분이 한국인의 진실을 이해하는 데 도움이 될 것이다. 먼저, 일본 교과서에서 발췌한 내용을 소개한다.

1600년경 칠흑같이 캄캄한 여름날 밤, 일본군이 한국의 동해안을 몰래 잠입했다. 그리고 한 도시를 점령하기 위해 침략을 감행했다. 그때 일본군 지휘관이 별안간 부대원들에게 "중지!" 하며 소리쳤다. 그리고 무언가에 놀란 지휘관은 중얼거리듯 말했다.

"이 도시의 집들은 대문을 닫아 걸은 집이 하나도 없다. 게다가 창문까지 활짝 열어젖힌 채 사람들이 아무 근심도 없이 평온하게 잠을 자고 있다. 이 나라에는 진정 도둑이 없는 모양이다! 이 나라야 말로 신의 가호를 받은 사람들이 살고 있는 것이 분명하다. 절대 공격하지 말라! 이들을 공격했다가는 우리가 천벌을 받을지도 모른다."

이들은 그날 밤중으로 바다를 건너 일본으로 퇴각했다.

다음은 1900년에 일어났던 일이다.

어느 날 농부가 밭에 심은 감자가 잘 익었나 보려고 감자밭을 둘러보았다. 그런데 마침 도둑이 감자밭에 숨어 들어와 감자를 캐는 것이었다. 주인을 보자 깜짝 놀란 도둑은 재빨리 우거진 숲 덤불로 몸을 피했다. 주인 역시 놀라긴 마찬가지였으나, 숲 덤불을 향해 무릎을 꿇은 채 도둑에게 큰 소리로 말했다.

"낯선 이여! 당신은 모든 물건에 주인이 있다는 걸 모르지 않을 텐데, 만약에 당신이 이 사실을 잊었다면…" 하고는, 같은 말만 자꾸 되풀이했다.

도둑은 처음에 감자 밭 주인이 하는 말인 줄 알았으나, 가만히 듣다 보니 주인이 아닐 거라는 생각이 들었다. 주인이라면, 자기를 붙잡아 혼을 내고 죄를 물어야 할 텐데 하소연하듯이 똑같은 말만 되풀이했기 때문이다.

오히려 "도대체 저 사람은 누구인데 내가 하는 일을 방해하는 것인가?" 혼잣말로 투정하고는, 천연덕스럽게 일어나 밭에 들어가 감자를 자루에 담기 시작했다.

그런데도 주인은, 우스꽝스럽게도 똑같은 말을 계속 읊어댈 뿐이었다.

도둑은 주인의 말에도 아랑곳없이, 뻔뻔히 감자를 가득 담은 자루를 등에 메고 유유히 사라졌다. 주인은 사라지는 도둑을 보면서도 말리지 못했다. 주인은 집으로 돌아가면서 혼잣말로 중얼거렸다.

"미친놈이로군!"

아, 차라리 미친놈이었다면…!

그 낯선 이, 도둑은 바로 일본놈이었다.

한국의 혁명가, 박선초

은둔의 나라, 고요한 아침의 나라, 한국은 수천 년 동안 뛰어난 문명의 역사를 남겼다. 그 문명의 역사는 슬기로운 지혜를 덕목으로, 온순함을 미덕으로 삼으며 평화를 지켜왔다.

그러나 지난 몇 세기 동안 암흑과 유혈의 역사가 이 나라를 온통 뒤흔들었다. 정복욕에 불타는 이웃나라들이 무자비하게 침략하면서부터, 이들은 혹독한 시련과 수난을 겪어야만 했다.

이후 한국의 역사에는 정의가 사라지고 말았다.

그러다가 때늦은 감이 있으나, 20세기 전후 2,000만 명의 자유와 평화를 위한 혁명의 기운이 움트기 시작했다.

그리고 그 중심에는 박선초라는 사람이 있었다.

나는 이 책을 통해 한국의 지도자, 박선초의 삶에 대해 말하려 한다. 물론 독자 여러분(프랑스 독자-역주)에게 박선초라는 이름은 전연 낯설고 생소할 것이다.

그는 마치 꼭 숨겨진 것처럼 이제껏 세상에 알려지지 않은 인물이다. 하지만 그가 암흑으로 뒤덮인 세상을 환히 비춘 빛이었다는 사실은 두말 할 나위가 없다.

그는 한국이 구시대의 신분제에 얽매여 있던 1880년, 부산에서 부잣집 외동아들로 태어났다. 그의 아버지는 꽤나 이름난 거상巨商이었다. 때문에 그는 부유한 가정에서 부족함 없이 자랄 수 있었지만, 인간의 자유를 억압하는 불평등한 사회에 대해 어려서부터 괴로워했다.

한국 전통 사회에는 프랑스의 앙시앵레짐Ancien Régime(구제도-역주)과 비슷한 신분제도가 있었다. 한국 사회의 신분은 크게 세 그룹으로 나뉘었다. 왕을 비롯한 왕실 세력의 최상위 지배층, 그다음은 문인文人(학자 또는 지식인-역주) 위주의 양반과 농민층, 끝으로는 천민층으로 상놈이 있었다. 시종·몸종·구두쟁이·백정·마부 등과 같은 사람들이 상놈에 속했다. 그리고 상인商人은 양반이 지닌 모든 자질을 갖추었었지만, '돈만을 위해 일하는 사람'이라며 장사꾼이라 불렸으며 멸시받았다.

　한국에서 '사농공상土農工商'이라는 말은 천대받던 상인의 처지를 단적으로 보여주는 대목이다. 사회적 위치로 볼 때, 상인은 선비와 농민, 공인 다음으로 가장 밑바닥의 대우를 받아야 했던 것이다(유럽의 기준에서 볼 때 상인, 즉 부르주아는 귀족층 다음의 세력을 형성했던 것과 달리 한국에서는 농민과 공인 다음의 최하위층에 속했다는 의미-역자 주). 어이없는 일이지만, 이는 오랜 세월에 걸쳐 굳어진 한국 사회의 전통이자 관습이었다.

　상놈 중에도 가장 밑바닥인 천민들은 노예의 삶 그 자체였다. 최소한의 인격마저도 존중받지 못하는 그들은 불평 한마디 내뱉지 못한 채 살아야 했다. 그보다는 낫지만, 불평등한 신분제에 대해 제대로 항변하지 못하는 것은 상인들도 마찬가지였다. 상인들은 어느 계층보다 신분제의 모순에 고통스러워했지만, 제도와 관습에 억눌린 채 견디는 수밖에 없었다.

　한국 사회의 모순은 신분제에 바탕을 둔 조세제도에서도 극심하게 나타났다. 세금을 걷는 제도라는 명목으로 유지했지만, 관리들은 아랑곳없이 오로지 백성을 착취하는 데만 혈안이었다. 권력을 앞세운 탐관오리들의 부정한 세금 착취는 마치 찰거머리가 사람에게 달라붙어 피를 빼는 것과 다를 바 없었다. 하지만 온갖 특권을 누리던 양반들은 한 푼의 세금도 내지 않는 '면세의 달인'이었다. 그들은 특권만 가질 뿐, 어떠한 의무도 지지 않았던 게 당시 한국 사회의 현실이었다.

결국 정부는 힘없고 불쌍한 '상놈'에게 양반이 부담해야 할 몫까지 떠넘기며 세금폭탄을 퍼부었다. 그리고 이로써 한국 사회는 기어이 타락의 늪으로 빠지고 말았다. 세금폭탄에서 가장 큰 피해자들은 상인商人이었다. 상놈들 대부분이 가난했지만, 상인들은 시장 경제를 담당하면서 비교적 경제적 여유를 지니고 있었다. 하지만 상인들 역시 세금폭탄의 부담과 고통으로 괴로워해야 했다. 그리고 사회가 부패하면 할수록 그들에게 전가된 피해는 더욱 커져만 갔다.

1894년 청일전쟁이 발발할 무렵, 한국에서 민중들이 크게 봉기를 일으켰다. 탐관오리의 부정부패에 시달릴 대로 시달린 민중들이 항거한 것이었다. 민중들의 봉기는 한국의 모순된 구질서를 붕괴하는 데 어느 정도 기여했지만, 한편으로는 혼란 속에서 경제를 악화시켜 상인들이 적지 않은 피해를 입어야 했다.

그러나 상인들이 결정적으로 타격을 입는 것은 10년 뒤 러일전쟁이 일어나면서였다. 전쟁으로 중국·러시아·

일본 등과 이루어지던 해외 무역의 길이 끊어지면서 국제 교역을 담당하던 상인들이 파산하는 경우가 속출했다. 하지만 부패한 관리들은 상인들의 어려운 사정을 헤아리기는커녕 여전히 과중한 세금폭탄을 퍼부었다.

박선초의 아버지는 한국에서 이름난 거상이었지만, 그 역시 세금폭탄에 시달렸다. 그는 경제 악화와 세금폭탄이라는 이중고에 시달리면서 파산할지 모른다는 위기감에 잠을 이루지 못했다. 그럴수록 박선초의 아버지는 어린 아들에게 사회적 멍에를 물려주지 않기 위해 온갖 애를 썼다. 아들에 대한 사랑이 지극했던 아버지는 어린 아들만이라도 천대받는 상인이라는 위치에서 벗어나게 할 방도를 궁리하고 또 궁리한 결과, 교육만이 상인이라는 멍에에서 벗어날 길이라는 결론에 도달했다.

당시 한국은 지나치리만치 문인 사회의 전통을 고집하는 나라였다. 권력이나 재력, 그리고 명예에 이르기까지 모든 것이 문인이 아니고서는 도저히 이룰 수 없는 사회였다. 한국 사회에서 문인적 지식과 소양은 곧 입신공명의 유일한 수단이자 방법이었다. 그래서 그는 어린 선초를 위해 이름 난 선생을 집으로 모셔와 개인 수업을 받도록 했다.

박선초는 어려서부터 유독 호기심이 많았다. 일곱 살 때의 일이다. 두 살 위의 달순이 누나와 소꿉놀이를 하다가 다툰 일이 있었다.

싸우는 소리를 듣고 달려온 어머니는 이유도 묻지 않은 채 누나를 막무가내로 야단치면서, 선초를 가슴에 꼭 품고 보듬으며 달랬다. 그러나 달순이는 닭똥 같은 눈물을 주르륵 흘리면서 그 광경을 바라만 볼 뿐이었다. 어린 마음에도 그런 누나의 모습이 측은했는지, 선초는 자신의 어머니에게 달순이 누나가 잘못한 게 없는데 왜 야단치느냐고 물었다. 오히려 잘못은 자신이 했는데, 왜 자신은 다독여주느냐고 물었다. 어머니는 웃으며 대답했다.

"한 살이라도 더 많다면, 어린 동생을 더 이해하고 용서해줘야 한단다."

선초가 다시 한 번 물었다.

"더 어린 사람이 나쁜 사람일 때도?"

"더 어린 사람이 나쁜 사람이라면, 당연히 벌을 주어야겠지?"

다음으로 그가 열 살 때의 일이다.

그는 양반집 아이들과 종종 길거리에서 놀곤 했다. 원래 상놈 아이들이 양반집 아이들과 놀아서는 안 됐지만,

학교를 마치고 난 뒤 해질 무렵 선초는 양반집 아이들과 어울려 놀았다. 그때마다 그는 차별과 모욕을 당하기 일쑤였다. 양반집 아이들이 온갖 욕설을 퍼붓기도 했고 심지어 때리기도 했지만, 선초는 아무런 항변도 하지 못했다. 선초는 그런 사실이 너무 슬프고 화가 나, 한번은 부모에게 왜 그래야만 하는지 말해달라고 울면서 물었다.

"왜 사람들 사이에 이렇게 불평등한 차별이 있어야 하지요? 사람은 누구나 똑같은 거 아닌가요?"

그의 부모는 어린 아들의 애절한 말을 듣고는, 눈물을 글썽이며 슬픈 어조로 대답했다.

"이 세상 사람에겐 두 계급이 있어. 양반과 상놈이지. 양반은 애초 그들만의 특권을 지니고 태어났고, 그 특권으로 상놈에게 부당한 짓을 일삼지. 상놈은 그들에게 제물로 바쳐진 희생물이나 다름없는 존재란다…."

아버지의 말을 듣고, 선초는 흥분해서 다시 물었다.

"그런 잘못된 신분 차별은 왜 만들어졌지요?"

아버지는 차마 말을 잇지 못한 채 멍하니 하늘을 바라볼 뿐이었다. 선초는 선생에게 달려가 다시 물었다. 그러자 선생은 말했다.

"사람은 누구나 평등하게 태어나며, 원래부터 양반과 상놈으로 정해지는 것이 아니다. 양반이 되려면 무엇보다 유교의 도를 익혀야 한다. 유교의 지식과 지혜로 덕행을 베풀고, 부모님과 임금님의 명예와 영광을 위해 노력하면 양반이 될 수 있고, 그렇지 못하면 상놈이 되는 것이다."

선생의 말에 선초가 되물었다.

"그렇다면 지혜와 덕목이 특정한 사람에게만 주어지는 겁니까?"

순간 당혹감을 감추지 못한 선생이 잠시 머뭇거리다가 조용히 말했다.

"모든 사람의 천성은 착하고 선하며, 누구나 배울 수 있는 능력을 가지고 있다. 단지, 환경이나 교육에 의해 그 능력이 만들어지는 것이지. 어린 아이들의 본성은 교육이나 환경에 따라 정해지기 마련이다. 마치 물을 그릇에 부으면, 그릇 모양에 따라 형체가 만들어지는 이치와 같지. 그러나 이런 인성도 어느 시기를 지나면 그대로 굳어지고 만다. 세상의 모든 일은 자신의 의지에 달려 있다는 것을 명심해라. 부디 공자와 같은 의지를 길러야 한다. 인성을 훌륭히 기를 수 있도록 노력하는 사람이 되거라."

박선초는 선생이 하는 이야기를 하나도 놓치지 않고 가슴 깊이 새겼다. 그러면서 반드시 훌륭한 인성을 갖춘 사람이 되고야 말겠다고 굳게 맹세했다.

그는 열다섯 살 되던 해에 일본 유학을 떠났다. 더 넓은 세상을 보고 배우라는 아버지의 배려였다. 그러나 일본에서 중학교를 다니며 공부하던 그는 한 사건을 겪게 된다. 지리 수업 시간이었다. 일본인 지리교사가 수업 도중 일본이 왜 한국을 식민지로 지배해야 하는가를 장황하게 설명하기 시작했다. 당시 한국은 일본의 침략을 받는 상황이었지만, 엄연히 주권 국가로서 체면을 유지하고 있었다. 그럼에도 교사가 수업시간에 공공연히 한국을 식민지로 만들어야 한다고 주장한 것이다. 그것은 곧 침략자의 인식과 다를 바 없었다.

선초는 교사의 부당한 강의에 분노가 머리끝까지 치밀어 올랐다. 그리고 별안간 일어나 교사를 향해 의자를 내던졌다. 그야말로 순식간에 벌어진 일이었다. 일본인 교사는 소스라치며 고함을 질러댔다. 학생이 교사에게 의자를 던졌다는 사실은 분명 있을 수 없는 일이었다. 선초는 결국 학교징계위원회에 넘겨져 퇴학을 당했고, 그렇게 그의 꿈 많은 일본 유학 생활은 끝나고 말았다.

다행히 경제적으로 여유가 있는 아버지 덕분에 그는 국내로 돌아와 별 어려움 없이 공부를 이어갔다. 그리고 얼마 뒤 유럽과 미국 여행에 나섰다. 더 넓은 세상을 두루 경험하기 위해서였다. 마침 그의 집안에 유럽에 유학을 다녀온 친척이 있었던 것도 외유를 결심하는 데 도움이 됐다.

박선초가 해외에 머무는 동안, 위기에 빠진 한국의 운명은 마치 풍잔등화처럼 위태로워졌고, 이에 일본은 더욱 노골적으로 침략을 자행했다. 망해가는 조국을 그냥 내버려둘 수만은 없었던 그는 오직 나라를 구해야 한다는 일념으로 불타올랐다. 그리고 이때 그의 가슴을 세차게 두드린 것이 있었으니, 바로 '혁명'이었다!

사실 일본은 아주 오랜 옛날부터 한국을 침략하려 시도해왔었다. 소위 메이지유신 이래 그들은 끊임없이 한국을 감시하며 침략의 욕망을 불태워갔다. 그들은 한국이라는 나라를 지구상에서 아예 지워버리고, 일본에 영구히 복속하려는 흉측한 음모를 꾸미고 있었다. 그리고 그 엉뚱한 야욕을 채우기 위해 한국을 놓고 경쟁하던 청나라와 러시아를 상대로 침략 전쟁을 도발했다.

한국은 이웃한 국가인 중국과 일본에 비해서는 인구도 적고 영토도 좁았으므로, 힘으로는 중국이나 일본을 당해내기가 어려웠다. 하지만 한국인들은 그 틈바구니에서 슬기롭게 나라를 지키면서 고유의 문화를 발달시키고 독자적인 삶을 이어왔다. 한국인들은 학문을 숭상해서 찬란한 문인 문화를 꽃피웠다. 다만 무武를 소홀한 나머지 최근 군사 면에서 허약한 나라가 되었던 것이다. 그리고 이때를 기다렸다는 듯이 일본은 제국주의로 탈바꿈하며 한국을 침략해왔다.

지리적으로 일본의 앞바다를 차지하고 있는 한국은 그들의 야욕을 가로막는 걸림돌임에는 분명했다. 그뿐 아니라 지정학적으로 한국은 극동지역의 요충에 위치하고 있었다. 때문에 여전히 종주권을 행사하려는 중국, 남하를 추진하던 러시아 등도 호시탐탐 한국을 침략할 기회만을 엿보는 상황이었다. 그러니 일본이 한국을 차지하기 위해 중국·러시아와 일전을 벌이는 것은 예정된 수순이었다.

단군 이래 한국의 유구한 역사에서 일본의 침략은 끊일 날이 없었다. 특히 국력이 쇠해질 때면 어김없이 일본의 침략은 기승을 부렸다. 그런데 하필이면 그 시기에 이르러 한국은 극심한 부정부패로 말미암아 쇠락할 대로 쇠락해진 상황에 놓이게 되었던 것이다.

한국 역사에서 흥망성쇠의 흐름은 크게 몇 단계를 거치
며 진행되었다. 그런 변동 속에서 불교와 유교는 역사의
부침에 결정적 영향을 미쳤다.

처음에는 중국에서 전파된 불교의 영향이 컸다. 불교
는 한국 역사에서 무려 14세기 동안이나 존속했다. 그
세월을 거치면서 불교의 명운도 변천해갔다. 불교는 5세
기 초 처음 들어와 15세기 말까지 번영하고 부귀영화를
누렸다. 이 기간은 불교가 개화하고 번영한 시기였다.
그러나 15세기 말에서 20세기 초까지 불교는 여러 모로
국가적 책임과 의무를 다하지 못했고, 점차 쇠퇴해갔다.

초기 불교는 한국인이 원시적 생활을 청산하고, 새로
운 이상을 추구해가는 원동력이 되었다. 이 과정에서 불
교는 거칠고 조악한 수준의 원시문명을 예술문명으로
승화하는 데 결정적 역할을 했다. 불교가 14세기 동안
한국인의 생명력에 활력이 되었다는 점에는 아마도 이
론이 없을 것이다. 불교는 조선 초까지 1,000년 동안 정
신적·물질적으로 한국인의 삶을 지배했다.

불교 승려들은 오랜 동안 왕실 및 지식인들의 철학과
교육을 전적으로 담당했다. 그래서 국가적으로도 사회
적으로도 불교 외에는 다른 학문이나 사상이 발을 붙일
수 없었다. 불교를 숭배하지 않고서는 지도자는 물론 지

식인이 될 수도 없었다. 10세기 동안 그렇게 한국에서는 불교가 권력과 교육을 독점했다.

삼국 시대의 예술문명이나 고려 시대의 수준 높은 문화에는 그 어디에나 불교적 요소가 짙게 배어 있었다. 그렇게 불교문화가 꽃피기까지에는 수많은 승려들의 헌신적인 노고가 따랐던 것도 사실이다. 그래서 한국인들은 이 시대의 불교문화가 가장 찬란한 문명을 꽃피웠다고 자랑스럽게 여기고 있다.

불교의 역할은 문명이나 문화 발전에만 그치지 않았다. 외세의 침략으로 나라가 위기에 처할 때마다 승려들은 스스로 승군을 조직해 나라를 지키는 데 앞장섰다. 한국 역사에서 명장으로 이름을 떨친 장수 가운데 승려 출신이 많은 것은 그런 사실을 잘 말해준다. 이런 이유로 한국에서 불교의 위치는 굳건했고 특별한 권위를 지녔다.

그렇다면 한국 종교에는 불교만 있었는가? 물론 그렇지 않다. 불교가 들어오기 이전에도 도교와 유교가 있었다. 도교는 한국 고유 사상에 뿌리를 두었으며, 유교는 중국에서 들어왔다. 도교의 바탕은 철저한 금욕주의 철학이었다. 도교를 믿었던 사람들은 자연을 숭상하며 철저히 금욕주의의 고행을 즐겼다. 세상을 초탈하며 장생

불사를 염원했던 그들은 건강하게 장수를 누렸다.

유교는 주로 정치나 문학에 치중한 면이 강했던 관계로 일반 대중과는 거리가 멀었다. 반면 불교는 모든 백성의 종교였다. 지식층 지배계급이나 배우지 못한 천민계급에 이르기까지 모두 불교를 믿었다. 그러면 불교가 몰락한 이유를 어떻게 설명해야 할 것인가?

1,000년 이상 한국인의 정신세계를 지배했던 불교는 조선 시대에 들어와 갑자기 몰락했다. 역사 자료에 따르면 고려 시대 말기의 승려들, 특히 권력을 잡은 승려들이 권위에 사로잡혀 안하무인 비행을 서슴지 않았다. 그 때문에 불교에 대한 불평과 불만이 사회 전반으로 확산되었다. 그러자 고려 정부는 불교에 대한 불평과 불만이 백성들의 사회동요나 폭동으로 이어지지 않을까 노심초사하기에 이르렀다. 그 결과 불교 승려들을 철저히 통제하고 억압했다. 결국 왕명으로 모든 승려들의 공권을 박탈하고, 공직에 오르는 것을 원천 봉쇄했다.

이로써 승려들은 무소불위의 특권층에서 하루아침에 천민계급으로 추락하고 말았다. 이후 불교 승려들은 세상을 등진 채 깊은 산속으로 들어가 은둔의 삶을 보내야 했다.

이런 사실을 말해주는 역사 자료가 존재하는데도, 어

떤 역사학자들은 원인은 승려들의 비행이 불교 몰락이 아니라고 주장한다. 나 역시 그들의 의견에 동의한다. 시대를 막론하고 불교 승려의 비행은 항상 있었던 일이다. 불교 번영의 황금기였던 신라 시대에도 승려들의 비행이 없었던 것은 아니다. 물론 승려들의 비행이 불교의 몰락에 영향을 미쳤음은 부인할 수 없다. 하지만 불교가 몰락한 주 원인은 불교와 대척적인 위치에 섰던 유교와의 관계에서 찾아야 한다.

조선은 불교를 지배 이념으로 삼았던 고려와 달리, 철저하게 유교 철학을 기반으로 세워진 나라였다. 그래서 유교가 정치와 학문을 지배하면서 전 사회를 장악해갔다. 그런 점에서 고려와 조선은 정치사상이나 학문, 그리고 사회 모습이 판이하게 달랐다. 즉 한국은 조선 시대에 들어서면서 불교의 나라에서 유교의 나라로 크게 변했던 것이다. 한국 역사에서 유교가 정치적으로 부상한 것은 고려 말 열렬한 중화주의자 박이중이라는 사람이 중국에서 주희 철학을 받아들이면서였다. 이것이 곧 주자학 또는 성리학이다.

주자학은 공맹사상의 유교와 달리 불교 이론까지 수용하면서 새로운 가치관을 확립한 유교였다. 고려 말에 이르러 지식인과 정치가들 중에는 주자학에 심취한 사람들이 늘어났다. 사상적으로나 정치적으로 주자학으로 철저히 무장한 이들은 당시 권력을 장악하던 불교 승려들을 향해 공격의 화살을 쏟아부었다. 이들은 불교 승려들의 비행을 세상에 낱낱이 폭로하며 불교를 억압하는 운동을 거세게 벌여나갔다.

주자학파들의 치밀하고도 집요한 공격 앞에서 더 이상 버틸 재간이 없던 불교 승려들은, 결국 오랜 영화를 뒤로 한 채 깊은 산속으로 들어가야만 했다. 하지만 주자학과 불교의 쟁패는 지배 세력들의 권력 투쟁이었을 뿐, 불교에 대한 일반 백성들의 신앙에는 변함이 없었다. 이 무렵 한국 사회의 형상을 굳이 말하자면, 몸통은 불교, 머리는 유교를 믿는 모양새였다.

14세기에 고려가 망하고 들어선 조선은 주자학을 내세우며 새로운 지배질서를 구축했다. 15세기에 들어, 조선에서는 국왕까지 주자학의 원리를 신봉했다. 이로써 조선은 중화주의자들의 세상으로 완벽하게 변모한 것이다. 이때부터 중화주의자들의 파행적 지배는 400년 이상 지속되었다.

중화주의자들의 중국 예찬은 종교 그 이상으로, 마치

광신도의 찬양과도 같았다. 심지어 그들은 한국이 중국에 예속되거나 통치받는 것을 영광으로 여길 정도였다. 그들에게 중국은 신과 같은 절대적 존재였다. 한국이 신(중국)의 제물로 바쳐지는 것조차 당연하게 받아들였으며, 그런 생각이 소위 중화사상의 골수였다. 이처럼 중국에 한없이 빠져들었던 그들은 결국 한국 고유의 정신을 말살하는 치욕의 역사를 남겼다.

중국이 당초부터 오만하거나 야욕을 지닌 것은 아니었다. 그렇게 되기까지 중화주의자들의 열렬한 부채질이 주된 화근이었다. 결국 한국은 조선 시대에 이르러 독립국의 체통을 상실한 채 중국의 종속으로 전락하고 말았다. 이후 중국은 종주국을 자처하면서 매년 조공을 요구했고, 그 폐해는 시간이 지날수록 심해져갔다. 겉으로는 온갖 체면을 내세우면서, 갖은 구실을 대어 엄청난 재화를 빼앗아갔다. 중화파의 잘못된 정치는 이처럼 한국을 불행으로 몰아갔고, 백성들의 삶은 더욱 더 도탄으로 빠져 들어갔다.

중국의 횡포와 백성들의 신음에도 조선의 국왕은 속수무책으로 어떻게 손을 써보지도 못했다. 아니 솔직히 말하자면, 국왕 역시 조선의 지배 구조상 폭군적 성격에서 자유로울 수 없었다. 즉, 조선은 국왕과 중화파의 공동 정권으로서, 백성에 대한 폭력과 횡포를 바탕으로 유지된 나라였던 것이다. 조선의 관리는 반드시 중화파여야 등용될 수 있었다. 그것이 소위 조선의 법도이자 원칙이었다. 중앙 권력층은 세력을 불리기 위해 지방 감사나 수령들을 자신의 사람들로 채우기에 급급했다. 또 그렇게 해서 벼슬길에 오른 관리들은 사리사욕에만 눈이 멀어 민생에는 털끝만큼도 안중에 없었다.

지방의 수령들은 프랑스 앙시앵레짐의 대지주와 흡사 비견될 만했다. 이들은 중앙 정부에 무슨 수를 써서라도 세금을 바친 다음, 자신의 배를 채우는 데만 급급할 뿐이었다. 이들은 백성의 피를 빨아먹는 거머리와 다름없었다.

중화파가 저지른 잘못 중 가장 해악한 짓은 고려의 문화들을 조잡하고 유치한 것으로 몰아 배척한 일이다. 그들은 한국의 전통 예술이 단지 유교적인 것이 아니라는 이유로 천시하고 경멸했다. 바로 이것이 고려의 예술을 소멸하게 한 치명적 원인이었다. 중화파가 정권을 잡은 지 200년이 지나지 않아 고려청자를 비롯해 주조기술 등 찬란했던 고려의 예술은 그 맥이 끊기고 말았다. 그뿐 아니라 삼국 시대 이래 전승되어오던 선박 주조와 건축 같은 고유한 기술과 문화 역시 모두 소멸되고 말았다.

그러나 그들에게도 두려운 것이 있었으니, 바로 민중(백성)의 힘이었다. 주자학으로 무장한 채 권력과 사회를 온통 장악한 그들이었지만, 민중에 대한 두려움을 떨쳐버릴 수가 없었다.

만약 민중들이 반발해 들고 일어선다면 그들의 권력도 위태할 수밖에 없다는 것을 잘 알고 있었기 때문이다. 그래서 그들은 항상 민중을 억누르고 짓밟았다. 혹여 민중 가운데 의식이 깨치거나, 학문이나 기술 분야에서 능력을 발휘하려는 이가 있으면 아예 싹을 잘라버렸고, 있는 힘을 다해 민중을 질식시켰던 것이다. 그렇게해서라도 민중의 성장을 원천 봉쇄한 그들은 아마도 가슴 깊은 곳에서부터 민중에 추월당할까봐 조바심을 냈던 것일지 모른다.

한편 중국의 조공 요구는 그 정도가 지나쳐 급기야 중화파조차도 모욕감에 치를 떨 정도였다. 이제 중국에 대한 반감은 모든 사회계층으로 확산되기에 이르렀고, 견디다 못한 한국인들의 애국심을 불러일으키는 원인이 되기도 했다. 이쯤 되면 여러분도 짐작하겠지만, 조선 정부의 재정 악화는 물론 국고가 바닥난 지도 이미 오래였다. 그럼에도 정부 재정을 걱정하는 관리들은 그 어디에도 없었다. 걱정은커녕 탐관오리들의 부패는 더 극심해지며, 소위 매관매직까지 출현하기에 이르렀다. 돈으로 벼슬을 팔고 사는 매관매직은 돈의 액수에 따라 벼슬자리가 결정되는 파행적 세태가 판치게 된 것이다.

더욱 심각한 일은 권력의 핵심에 있던 중앙 고관대작들이 매관매직에 앞장섰다는 점이다. 조선 사회 전체가 온통 썩을 대로 썩어버렸다. 또 돈으로 벼슬을 산 이들은 본전을 뽑기 위해, 백성의 고혈을 짜내는 데 그저 혈안이 되어 날뛰었다. 매관매직은 분명 조선 정부의 존립을 근본부터 뒤흔드는 말세적 현상이었다. 결국은 백성의 피와 땀이 매관매직과 부정부패의 윤활유가 되어버린, 그야말로 말세가 연출되고 있었다.

이게 바로 50년 전, 한국의 상황이다.

혁명이 일어나다

한국을 호시탐탐 노리던 외세가 이 틈을 놓칠 리 없었다. 1882년에는 군인들이 소위 임오군란을 일으켰다. 그리고 중국은 이를 빌미로 한국에 군대를 주둔시킨다. 중국에서 파견된 위안스카이(원세개)는 오만방자하기 그지없었다. 그는 심지어 국왕까지 농락하며 내정을 간섭하는 등 함부로 월권을 행사했다.

그 후에는 러시아, 그 다음으로는 일본이 기회를 노렸다. 그렇게 중국·러시아·일본이 차례로 한국의 국권을 능멸해갔고, 그 과정을 거치며 한국은 국운이 다하고 말았다.

망국 직전, 소위 고관대작이라는 자들이 벌인 작태는 비열하기 그지없었다. 그들은 나라가 망할지언정 자신의 권세와 부귀만을 누리면 그만이라는 식이었다. 그들은 유령이나 다름없게 된 조국을 내팽개쳐버린 채, 앞다투어 중국·일본·러시아 등에 빌붙는 추악한 자태를 보였다. 이어서 1894년 청일전쟁, 그리고 1904년 러일전쟁이 일어났다. 그리고 일본제국주의는 한국을 넘어 중국 대륙과 러시아를 침략하기 위한 야욕을 더욱 불태워 갔다.

유럽과 미국 등지를 여행하던 박선초는 한국에도 혁명이 일어나야 한다는 사실을 뼈저리게 느끼며, 말세에 다다른 한국을 구하는 길은 혁명밖에는 없음을 깨달았다. 그리하여 그는 혁명을 일으키기로 결심했다. 그에게 혁명이란 일본의 침략 야욕에 위협받는 조국을 구하는 일이었다. 그가 혁명을 결심하고 귀국했을 때는 러일전쟁의 광풍이 휘몰아치고 있었다. 애통한 일이지만 한국은 허울뿐인 허수아비 국가로 전락한 뒤였다. 한국의 실질적 통치권은 이미 음흉한 이토 히로부미의 손에 들어가 있었다.

망국에 이른 상황에 분하고 슬펐지만, 박선초는 실낱같으나마 혁명을 일으킬 마지막 기회가 남아 있다는 사실에 마음을 추스를 수 있었다.

강인한 용기와 투철한 신념으로 무장한 박선초는 드디어 불화살을 쏘아 올렸다. 혁명의 시작이었다.

박선초는 지지 세력을 얻기 위해 세단계의 전략을 구상했다. 첫 번째는 우선 민중들의 폭넓은 지지 기반을 획득하는 일이었다. 혁명이란 모름지기 아래로부터 일어나야 한다는 것을 그는 익히 알고 있었다. 그는 전국을 돌며 동지들을 모으는 데 힘을 쏟았다. 마침 젊은이들 가운데는 망국의 현실을 깨닫고 무언가 도모하려는 이들이 적지 않았다. 때문에 빠른 시일 내 수많은 동지들을 규합할 수 있었다. 1894년 청일전쟁 이래 민중들이 크게 각성하면서, 민중의 힘을 키우기 위한 계몽운동이 전국적으로 활발히 전개된 적이 있었다. 10년이 지났지만, 다행히 계몽운동의 불씨가 꺼지지 않은 채 남아 있었다.

민중은 혁명의 원천이자 동력이었다. 그런 사실은 혁명의 뿌리가 되었던 민중들이 독립운동에서도 그 핵심을 이루어나갔던 데서도 확인되었다. 하지만 기울어진 국권을 되찾기에는 때가 너무 늦은 게 분명했다. 그렇다고 혁명을 포기할 수는 없는 일이었다.

박선초는 민중을 규합한 다음, 대학 동창들을 동지로 불러들였다. 그의 동창들은 일찍부터 혁명정신이 투철

한 인사들이었다. 김옥균·박영효·서광범·서재필 등이
었다. 이들은 이미 한국 혁명사에서 큰 획을 그은 역전
의 용사들이었다. 이렇게 해서 혁명의 지도부가 만들어
졌다.

그 다음, 조금은 성격을 달리하는 세력, 즉 동학당과
의 연대를 꾀했다. 동학당 역시 일제 침략에 저항하는
점에서는 혁명세력과 다르지 않았다. 다만 동학당은 지
나치게 보수적이었다. 동학당이란 이름에서 드러나듯
이, 이들은 서양의 사상과 문화, 즉 서학을 배척하는 입
장을 취했다. 그래서 사실 서양 유학을 다녀온 박선초와
혁명동지들과는 사상적으로 차이가 있었다. 동학당에는
고위 관료, 군 장성, 구식 지식인들도 참가했다. 그들 대
부분은 선량하고 용감했으나, 부정부패에 물들거나 과
거로 회귀하려는 사상을 고집한 이도 있었다. 그런 점에
서 이들은 혁명적 개혁과는 분명 거리가 있었다. 그렇지
만 이들은 강력한 세력이 뒷받침하고 있었다. 때문에 혁
명을 이루기 위해서는 동학당과의 연대가 절실했다.

비록 이념이나 사상 면에서는 달랐지만, 민족 역량을
한데 모으는 것은 혁명에 앞서 선결해야 할 과제임에 틀
림없었다. 그리고 만에 하나, 동학당과 제휴하지 못하
면, 오히려 그들이 혁명을 가로막는 장애가 될지도 모르

는 일이었다. 동학당은 막강한 재력을 지녔고, 휘하에 충성스러운 비밀결사단체들을 거느리고 있었다. 또 수많은 민중이 동학당을 절대적으로 믿고 지지했다. 박선초는 현명하고 유연한 전략으로 동학당과의 연대를 이루어내었다. 하지만 한국의 정세는 비극적 상황으로 치달아 갔다. 일본은 한국의 운명을 더욱 옥죄었고, 그 형세는 마치 생명이 위독한 어머니의 침대 앞에서 그 자녀들에게 슬퍼할 권리조차 빼앗아버린 것이나 다를 바 없었다.

일본은 한국인들에게서 조국이 처한 절체절명의 위기에 대해 말할 수 있는 자유와 권리마저도 철저히 차단했다. 자신의 운명을 슬퍼할 수조차 없던 한국인들은 오로지 공포에 떨 뿐이었다. 그런 상황에서 박선초는 혁명 대오를 정비한 뒤 먼저 나라 안의 기강을 바로 잡는 데 힘을 쏟았다. 일본과 일전을 겨루기에 앞서 전열을 다질 필요가 있었기 때문이었다. 최우선 과제는 무능하고 부정부패한 관리들을 척결 타도하는 일이었다. 민중들은 그런 혁명의 방침에 열렬히 지지하며 따랐다.

그러나 부정부패한 관리들은 민중의 함성에 귀를 기울이기는커녕 한순간 스치는 바람 정도로 치부할 뿐이었다. 그만큼 민정에 관심도 없고 무능하기만 한 관리들이었다.

　일본 당국자들은 민중의 동향을 예의 주시하면서 경계를 늦추지 않았다. 또한 밀정을 보내 박선초의 일거수일투족을 철저히 감시했다. 끝내 박선초의 용의주도한 혁명 계획을 알아차린 일본은 경악을 금치 못했다. 그들이 예상한 것보다 혁명 계획이 훨씬 치밀하고 조직적이었기 때문이다. 그럼에도 한국 침략에 대한 일본의 욕망은 요지부동이었다. 오히려 일본은 저항하는 민중들을 총칼로 탄압하면서 잔인한 침략자의 본색을 드러냈다.

　불행 중 다행인지, 러일전쟁에 사활을 걸었던 일본에게는 민중의 저항에 공세적으로 대처할 여유가 없었다. 그렇다고 한국에서 버젓이 혁명이 일어나는 것을 보고만 있을 수도 없는 일이었다. 혁명을 그대로 놔두면, 지난 50년간 한국을 지배하기 위해 쏟아 부었던 모든 노력들이 허사로 돌아갈지도 모를 일이었기 때문이다.

　과연 이러한 진퇴양난의 상황에서 일본은 어떻게 대처해야 하는가 …? 혁명에 가장 놀란 이는 이토 히로부미였다. 일본 정계도 예기치 못한 돌발 상황에 발칵 뒤집혔다. 노회한 이토 히로부미는 한국의 혁명적 상황을 일본 정부에 보고하는 한편 교묘하게 기만적인 계략을 꾸몄다.

먼저 이토는 김옥균·박영효·서광범·서재필·박선초 등 혁명 지도부 인사들을 집으로 불러들였다. 말 잘하기로 이름난 이토는 현재 동양의 정세를 장황하게 설명했다. 끝내 서양이 황인종을 노예로 만들 것이라는 주장이었다. 그는 서양 세력이 인도와 인도차이나를 어떻게 정복했는지, 또 중국에서는 어떤 방법으로 침략했는지를 하나씩 열거하며 자신의 주장을 증명해보이려 했다.

사실 이토의 논리가 설득력이 전혀 없지는 않았다. 중국에 이어 서양이 노리는 대상은 한국이며, 서양의 침략 앞에 황인종이 하나로 힘을 합쳐 동양평화를 지켜야 한다는, 즉 한국과 일본이 상호안보를 위해 공동으로 대처해야 한다는 논리였다. 이토는 그에 대해 쉼 없이 떠들어댔다.

"한국은 자주 독립을 위해 강대해져야 하며, 한국인은 무지몽매에서 벗어나 선진문명을 배우는 데 총력을 다해야 하오. 그렇게 되려면 우선 한국에서 혁명이 일어나야 하지. 그 혁명이란 사회 전반에 걸친 개혁을 통해 새로운 한국을 세우는 일이오. 그리고 '새로운 한국'은 독립과 자주권을 보장받는 나라일 것이오."

"아시다시피 우리 일본은 완수해야 할 임무와 역할이 너무 많소. 유럽의 야만적 침략에 대항해 한국을 지키는 임무를 혼자서 감당하기는 힘들지. 때문에 한국인들이 일본을 도와 서양 세력과 맞서야 하오. 그리하면 서양 세력을 능히 물리칠 수 있을 것이오. 일본 군부는 정의와 양심을 지키기 위해 일어난 한국 민중들의 봉기를 인정하지 않고, 다만 한국을 일본에 합병시키기를 원하지. 그러나 잘 기억해두시오! 나 이토는, 일본군의 무모하고 야만적인 프로젝트에 있는 힘을 다해 거부권을 행사할 것이오. 만약 군인들의 주장처럼 한국을 합병하게 된다면, 한국인들에게 씻을 수 없는 증오심을 불러일으키게 될 것이오. 우리 황인종들의 우애가 그 어느 때보다 필요한 이 시점에 그런 행동은 바보스러운 짓이라는 생각을 버릴 수가 없소."

"4,000년 이상의 고귀한 역사를 지닌 한국을 절대로 망하게 하지 않을 것이오. 한국은 일찍이 일본에 선진 문화를 전수해준 은인의 나라이고, 나는 한국의 젊은 층들을 신뢰해왔소. 근면한 그들의 손으로 한국의 근대화가 수면 위에 떠오를 것이라 믿고, 그렇게 되기를 누구보다 바라왔소. 그런 이상적인 한국이 실현되기를 손꼽아 기다리고 있으며, 한국의 혁명이 그리 진행되기를 간절하게 호소하고 싶었소. 그러나 일본의 정권을 장악한 군국주의 세력들은 이런 나의 간절한 소망을 방해하고 저지했지. 그래서 당신들과 만날 수 있는 기회만을 기다렸소. 그리고 그 기회가 바로 지금이라 생각하오."

"지금 일본 군대는 모두 전쟁터에 가 있고, 그들은 당신들이 진행하고 있는 혁명 계획을 지켜볼 여유가 없소. 나는 오만하기 그지없는 일본군에게 한국인들이 스스로 개혁이나 혁명을 일으킬 능력이 있다는 것을 보여주기 바라오. 일본군이 더 이상 한국인이 우매하다는 말을 하지 못하게 해야 하오."

이토의 장황한 웅변은 그칠 줄 몰랐다.

"러일전쟁은 한국을 회생시킬 수 있는 더할 나위 없는 좋은 기회요. 이 절호의 기회를 절대로 놓치지 않기를 바라지. 나의 진심어린 충고를 명심하시오! 이는 바로 당신들을 위한 충고요. 한국의 미래는 내가 말한 것처럼 곧 당신들의 손 안에 달려 있소."

이토는 두 시간이 넘도록 연설을 반복했고, 박선초와 혁명 동지들은 하나같이 딴청을 피면서 지루한 얘기가 끝나기만을 기다렸다. 그러나 더 이상 천박하고 우스꽝스런 괴변에 참을 수 없었던지, 결국 그들 중 한 명이 이토의 말을 자르며 나섰다.

"잘 알겠소! 그러나 당신의 말처럼 한국이 그렇게 되기 위해서는, 우리가 정부를 장악해야만 하오."

그러자 이토가 말했다.

"물론 당연하오. 나의 지지를 받으면 당신들은 정부를 장악할 수 있을 것이오."

이 말을 듣고 혁명가들은 깜짝 놀랐다. 어안이 벙벙해진 채 서로를 바라볼 뿐이었다. 이토의 입에서 그런 말이 나올 것이라고는 전혀 상상하지 못했기 때문이다. 잠시 침묵이 흘렀고, 마침내 박선초가 목소리를 가다듬고는 말을 꺼냈다.

"한국인들은 당신을 원수 중의 원수로 여겨왔소. 그리고 그 생각은 지금도 변함이 없지. 우리가 추구하는 혁명과 개혁은 한국의 운명을 가르는 중대한 대사요. 당신이 지금 말한 바는 분명 우리들의 뜻과 일치하지만, 중대한 이 문제를 놓고 쉽게 대답할 수 없는 일이니, 생각할 시간을 주시오. 동지들과 충분히 상의한 뒤 24시간 후에 다시 찾아오겠소."

이토는 즉각 답했다.

"옳은 말이오. 나는 당신들이 그 시간까지 기다릴 것도 없이 나를 찾아와 악수를 청할 것을 확신하오."

이토와 헤어진 뒤 혁명세력은 동학당의 지도자 집을

찾아갔다. 그곳에는 동학당 인사들이 기다리고 있었다. 그 자리에서 서광범이 이토의 말을 전하자, 동학당 인사들은 크게 분노하며 욕설과 함께 이토를 성토했다. 한참 동안이나 격렬한 대화가 이어졌다. 혁명 동지들과 동학당 인사들 모두는, 짐짓 부드럽고 우호적인 제스처로 혁명을 돕겠다는 이토의 제안에, 음흉스러운 계략이 감춰져 있다는 것을 너무나 잘 알고 있었다. 이토의 말을 누구도 믿지 않았지만, 이들은 일단 그의 제의를 받아들이기로 의견을 모았다.

김옥균이 말을 꺼냈다.

"이토가 음흉한 수작을 숨기고 있는 게 확실합니다. 그는 극비리에 모종의 계략을 세우고 있음이 틀림없지요. 이토는 우리에게 '물론이지, 당신들은 나의 지원을 받아 정부를 장악하게 될 것이다'라고 말했습니다. 박선초 동지가 말하듯이, 이토가 과연 우리 혁명당의 존재를 알고 있는 것이겠습니까? 우리가 혁명을 일으키면, 일본군 병력이 부족한 상황에서 시간을 벌기 위해 꾸미는 계략은 아닐지요. 아니면 우리에게 한시적으로 권력을 이양하려고 하는 것은 아니겠습니까? 이런 모든 가정들이 충분히 가능합니다."

"우리가 만약 거절한다면 어떤 일이 일어날 것이며,

— 어느 한국인의 삶

우리는 어떻게 되겠습니까? 이토는 사랑하는 우리 조국을 빼앗으려는 음흉한 목표를 가지고 있으니, 어떤 일이 있어도 수단 방법을 가리지 않고 그 목표를 이루려 할 것입니다. 우리가 상상하는 그 이상의 방법까지도 동원할 것이 틀림없습니다. 그렇지만 추호도 흔들림 없이 혁명을 완수할 것을 맹세합시다! 그게 바로 우리 동지들의 일치된 의견이 아니겠습니까. 무엇부터 해야 할 것인지를 먼저 논의하기로 합시다. 나는 우리가 혁명을 이루기 위해 무엇보다 정부를 장악해야 한다고 생각합니다. 그렇지 않으면 혁명을 이뤄낼 수 없습니다."

"이토의 음모를 부수기 위해서는 절호의 기회를 포착해야만 합니다. 그런 뜻에서 이토의 제안을 받아들입시다. 그리고 정부를 장악합시다! 그 이외의 것은 일단 정부를 장악한 뒤 차차 논의하기로 합시다. 우리는 모든 것을 경계하고 신중을 기해야 합니다. 앞으로 어떤 일이 어떻게 벌어질지 아무도 모릅니다. 때를 기다려 내가 신호를 보내면, 동지들은 즉각 거사를 일으킬 수 있도록 만반의 준비를 갖추고 있으십시오."

혁명 동지들은 김옥균의 말에 기꺼이 따르기로 하고 이토의 집으로 향하려 했다. 그런데 그때, 묵묵히 듣고 있던 박선초가 별안간 동지들을 불러 세운 뒤 말했다.

"혁명 정부를 세우면 동지들께서 나에게 총리대신을 맡으라고 했지만 …, 아무리 생각해도 아닌 것 같습니다. 혁명이 일어나면 예상치 못한 일들이 여기저기에서 벌어질 텐데 그것을 수습할 사람이 필요합니다. 내가 그 일을 맡아야 해요."

동지들은 총리대신을 맡아주길 거듭 간청했지만, 박선초의 뜻을 굽힐 수는 없었다. 그래서 총리대신은 김옥균이 맡기로 결정한 뒤 이들은 이토의 집으로 향했다.

역시 이토는 노회한 전략가였다. 이토는 전쟁을 혐오하기 때문에 되도록 전쟁을 피하려는 한국인의 천성을 너무 잘 알고 있었다. 그래서 가능하면 일본과 전쟁을 치르지 않고 혁명을 이루려는 혁명세력의 의도를 간파하고 있었던 것이다. 때문에 그는 혁명세력이 반드시 자신을 찾아 올 것이라 확신했다. 그렇지만 마음 한편에서는 꺼림칙한 불안감이 그를 엄습했다. 혁명세력과 별도로 민중들의 봉기가 여기저기에서 일어나고 있었기 때문이다. 이 무렵 일본은 한국에 대한 지배를 확고히 하기 위해 노골적으로 내정을 간섭하고 나섰다.

경제적으로도 황무지를 개간한다는 명목 아래 한국 영토를 대거 잠식해갔다. 정치·경제적으로 일본의 침탈이 본격화하자 민중의 분노가 거센 파도처럼 일기 시작했다.

지긋지긋한 봉건수탈에 신음하던 민중은, 일본의 침탈에 다시 봉기의 깃발을 올렸다. 일본은 그들의 기세를 꺾고자 군경을 동원해 총칼로 잔인하게 진압하려 했다. 이로서 저항하는 민중과 이를 탄압하는 일본 군경의 대립은 일촉즉발의 상황으로 치달았다. 그러나 이토는 한국의 불안한 정세보다는 러일전쟁의 전황을 가장 두려워하고 있었다.

러일전쟁에서 패배할지 모른다는 두려움이었을까? 그렇지 않았다. 그는 일본이 반드시 승리한다는 것을 믿어 의심치 않았다. 이토의 근심은 정작 승리의 시점이 언제가 될 것인지, 혹 전쟁이 장기화되는 것은 아닌지에 온통 쏠려 있었다. 전쟁을 도발할 때 이토의 당초 목표는 기습적인 선전포고와 함께 두 달 안에 전쟁을 끝낸다는 것이었다. 그러나 러시아의 저항이 예상보다 훨씬 완강해서 전선에서는 치열한 공방전이 거듭되고 있었다. 그런 상황에서 한국에서 혁명이 일어난다면 그야말로 낭패가 아닐 수 없었다. 그뿐만 아니라 혁명을 진압하는 자체가 쉽지 않다는 것을 이토는 익히 알고 있었다. 설령 러일전쟁에서 승리하더라도 한국의 혁명을 막지 못한다면, 그동안 한국 침략을 위해 쏟아 부은 모든 노력이 허사가 되고 말 것은 자명했다. 또 혁명을 저지하려면, 일본이 지불해야 할 출혈도 녹록하지 않았다.

그러나 두 마리의 토끼를 쫓을 뾰족한 방도가 쉽게 떠오르지 않았다. 고민에 고민을 거듭한 끝에, 이토는 혁명세력들을 불러 감언이설로 유인한 것이다. 혁명이 불같이 일어나는 것을 사전에 차단하려는 계략이었다. 이토는 혁명세력이 찾아오기만을 기다리면서 신경이 칼날처럼 날카로워져 있었다. 불안한 나머지 의자에서 일어나 서성거리며 창밖을 뚫어지게 내다봤다. 드디어 김옥균과 그의 동지들이 나타났다. 이토는 오랜 친구를 만나듯 반갑게 악수를 청했다. 그리고 기다릴 여유도 없이 서로의 의견을 털어 놨다.

"그래서, 어떻게들 하시기로 했소?"

"당신의 제안을 받아들이겠소. 그런데 당신을 따르는 무리들을 어떻게 쫓아낼 생각이오?"

"아주 간단하지요. 당신이 먼저 그들에게 최후통첩을 보내시오. 나는 그들에게 이후 더 이상 지원을 하지 않겠다고 통보하겠소. 그렇게 하면 그들은 물러나지 않을 수 없을 것이오. 우리들은 오랫동안 꿈꾸던 이상적인 한국을 건설하는 데 심혈을 기울여야 할 것이오. 그러나 명심하시오. 일을 급히 진행하다가는 잘못될 수 있다는 것을 …. 천천히 확실하고 탄탄한 발걸음으로 걸어나가야 하오. 나는 철저하게 중립을 지키면서 한걸음 뒤로 물러나 있을 것이오. 당신들이 나에게 의견을 구한다면, 나의 의견만을 개진할 것이오. 나는 당신들의 혁명에 공개적으로 참여할 수는 없다는 것을 이해하시오."

이토는 또 장광설을 늘어놓았다. 진력이 난 김옥균은 이토의 말을 막았다.

"종이와 연필을 주시오"

그리고는 책상 위에 있는 종이와 봉투를 집어 들었다. 이토는 김옥균의 행동에 순간 눈을 찡긋하며 의아한 표정을 지어 보였다. 김옥균은 그의 표정에도 아랑곳하지 않고 흰 종이에 큰 글씨로 몇 줄의 문장을 거침없이 써 내려갔다. 그리고 한 번 읽은 다음 서명을 했다.

이완용에게

한국 전민족의 이름으로, 그대와 일당들이 즉각 정권에서 물러날 것을 명령한다. 12시간 내에 답을 보내라.

김옥균

김옥균의 태도는 힘차고 결연했다. 그의 당찬 모습에 이토도 움찔하며 말했다.

"황제가 계시는데, 모든 백성의 이름이라고 하는 것은

적당치 않은 것 아니오?"

"나는 황제의 이름으로 행동하는 게 아니라, 한국인의 이름으로 행동할 뿐이오!"

김옥균은 단호하게 대답하고 통첩장 봉투를 봉인한 뒤, 통첩장을 즉각 이완용에게 보내라고 지시했다. 이토는 속이 부글부글 끓어올랐지만, 대담하고 거침없는 김옥균 앞에서 침착하게 대응하려고 애를 썼다. 이토가 김옥균에게 말을 붙이려 했으나, 그는 벌떡 일어나 악수를 건넨 뒤 아무 말도 하지 않은 채 방에서 나갔다.

40여 년 전, 일본은 군대를 앞세워 한국을 침략했다. 그들은 한국에 있는 일본 영사관 및 일본인들을 보호하고, 위기에 처한 한국을 보호하기 위해 군대를 파견한다는 명분을 내걸었다. 그리고 이는 소위 일본 '천황'의 뜻이라고 했다. 그러나 일본의 주장과는 달리 한국은 보호를 받아야 할 필요도, 이유도 없었다.

한국 황제 역시 일본에 복종할 의사가 전혀 없었다. 그 후 일본은 한국 황제를 강제로 퇴위시키고, 무능할뿐더러 불구인 아들을 황제로 즉위시켰다. 이 아들은 법적으로나, 정치적으로나 한국 민족을 대표할 자격을 지닌 인물이 아니었다. 그런 상황에서 뜻있는 대신 각료들은 모두 사퇴서를 제출했다. 그러자 기다렸다는 듯이 일본은 이완용 일당에게 허수아비 내각의 권력을 넘겨주었다.

일본의 통감부가 권력을 장악하고 있는 처지에서 이완용의 내각은 말 그대로 허울에 불과할 뿐이었다. 일본의 꼭두각시, 이완용은 그렇게 해서 총리에 오르고 내각을 구성했다. 이후 황제와 각료 대신들의 정치는 이토의 손아귀에 놀아나는 인형극에 불과할 뿐이었다.*

이완용은 누구인가? 한국인은 그 이름 석 자를 경멸의 대명사로 부른다.

일본은 한국 침략 직후 그들의 앞잡이로 삼을 만한 '한국인'을 물색했고 마침내 입맛에 맞는 인물을 찾아냈는데, 그가 바로 이완용이었다. 당시 이완용은 총리대신의 수행 비서였다. 야심 많은 이완용은 일본이 원하는 바를 재빠르게 눈치 챘다. 남의 비위를 맞추는 데 천성을 타고난데다가 앞잡이 기질이 농후한 인물이었다.

총리대신의 몸종으로 민감한 정세 변화까지 읽어내는 자리에 있었던 그는 재물을 끝없이 탐해 돈이 되는 일이

---

* 서영해는 이완용 내각의 허수아비 정치를 당시 프랑스 어린이들에게 폭발적인 인기를 얻고 있던 '인형극'으로 묘사했다. 무대 뒤에서 줄로 인형을 조종하고, 변사가 설명하면 어린이들은 "나쁜 놈, 죽여라, 이겨라⋯!"라고 소리치며 열광했다.(역자 주)

라면 어떤 짓도 마다하지 않았다. 필요하다면 협잡도 불사하던 무뢰한이었다. 거기에 덧붙여 과대망상의 야욕까지 지니고 있었으니, 언감생심 그의 꿈은 권력의 최고자리에 오르는 것이었다.

교활한 일본은 인간 심리를 파헤치는 그들 특유의 방법으로 오랫동안 이완용을 주시해왔다. 이완용의 심리를 파악한 일본은, 이완용이 탐내는 재물과 야욕을 채워주면 그들의 충견이 될 것이라는 확신을 갖기에 이르렀다. 그러던 어느 날 늦은 밤, 이완용의 집에 불쑥 일본인이 찾아왔다. 이 일본인은 아무 말 없이 엄청나게 큰 돈 보따리와 편지 한 장을 건넸다. 이완용은 편지를 읽고 또 읽었다. 그 속에는 꿈인가 생시인가 할 정도로 놀랄 만한 내용이 적혀 있었다. 이완용은 어리둥절한 채 일본인을 쳐다봤다. 일본인은 그에게 다가와 귓속말로 말했다.

"이게 다가 아닙니다. 이것보다 더 좋은 게 기다리고 있지요. 무슨 뜻인지 아시겠지요?"

일본인은 벌써부터 환상에 취한 이완용을 데리고 집을 나서 어둠속으로 사라졌다. 이들이 찾아간 곳은 일본 영사관이었다. 한밤중의 집무실에는 일본인 몇몇이 이완용을 기다리고 있었다. 일본인들은 이완용이 들어오자 반색하며 맞이했다. 그들은 화기애애한 분위기에서 대화를 나누었다.

한 시간쯤 흘렀을까? 일본인들은 온갖 감언이설로 이완용을 유혹했다. 이완용은 그들의 달콤한 유혹에 조바심이 나 견딜 수 없었지만, 간신히 참으며 그들의 말에 귀를 기울였다. 이날 밤 일본인들은 그렇게도 탐내던 재물과 권력을 듬뿍 안겨주며 그를 사로잡았다. 일본의 앞잡이 노릇이 나라를 팔아먹는 죄인 줄 뻔히 알았으나, 이완용은 조금의 망설임도 없이 일본에 충성하리라 맹세했다. 국가의 기밀문서라도 기꺼이 일본에 건네겠다는 약속도 서슴지 않았다. 그 후 이완용은 자신의 맹세와 언약을 보란 듯이 행동으로 옮기면서 일본에 충성을 바쳤다. 그가 저지른 반역 행위가 얼마나 파렴치했던가는, 그를 사주한 일본인조차도 놀랄 정도였다. 그뿐 아니라 비상한 머리에서 나오는 놀라운 수완도 경악스러웠다. 그렇게 해서 이완용은 비록 꼭두각시 내각이었지만, 매국의 대가로 내각 총리대신의 벼슬을 얻을 수 있었다.

이완용은 끝없는 탐욕을 다 채운 뒤 온갖 부귀영화를 누리다가 죽었다. 살아생전에 그는 권력이나 재물에 대해서는 티끌만큼도 아쉬움이나 부족함이 없었을 것이다.

그렇다고 이완용의 삶이 행복했던 것은 결코 아니었다. 그는 부정하게 부귀와 영화를 얻는 대신, 늘 생명을 위협받으며 살아야 했다. 2,000만 한국인의 삶과 자유를 팔아버린 이완용에 대한 분노와 저주는 불길처럼 타올랐다. 한국인은 절대로 이완용을 용서할 수 없었다.

김옥균의 최후통첩을 받은 이완용은 벼락을 맞은 듯 사지가 뻣뻣이 굳어졌다. 거기에 이토의 '단절' 통보까지 받았으니, 그 공포와 절망감은 극에 달했다. 사색이 된 이완용은 이내 살벌한 환각에 휩싸이며 공포에 떨어야 했다. 성난 민중들이 자신을 향해 무기와 몽둥이를 들고 공격해오고, 자신을 욕하는 함성이 고막이 찢어질 듯 귓전을 때리면서, 금방이라도 죽을 것만 같은 공포심이 엄습해왔다. 심지어 단두대에 올라 목이 잘리는 최후의 모습까지 떠올렸다.

'이젠 죽었구나, 끝장이다!' 하는 생각에까지 미치자, 이완용은 허겁지겁 일본 영사관으로 달려갔다. 그리고 목숨을 살려달라며 애걸했다. 그가 살 길은 오직 일본 경찰의 보호를 받는 수밖에 없었다.

박선초가 이끄는 혁명세력은 마침내 이완용 무리를

쫓아 내고 정부를 장악했다. 이후 본격적 혁명의 신호탄을 쏘아올렸고, 그 사실만으로도 방방곡곡에서는 혁명을 축하하는 사람들로 인산인해를 이루며, 벅찬 감동의 물결이 넘쳐 났다. 어떤 이는 감격한 나머지 눈물을 펑펑 쏟아내기도 했다.

민중의 함성은 잠자던 한국인들의 애국심을 고취하는 도화선이 되었으며, 혁명을 위해 재산을 헌납하겠다는 사람들이 앞다투어 나서면서 세상은 온갖 환희로 충만했다.

김옥균 혁명 정부의 화두는 개혁이었다. 안으로는 부정부패, 밖으로는 일본의 침략을 몰아내고 한국을 근대화하는 것이 목표였다. 이들은 혁명 소식을 널리 알리기 위해 《관보》를 창간하고, 자주 국방을 위한 군사 개혁에 중점을 두며 혁명의 시동을 걸었다. 그러나 막상 혁명 사업을 처리해가는 과정에서 넘어야 할 난관이 한두 가지가 아니었다. 물론 예상치 못한 일은 아니었다. 그중에도 부족한 재정은 혁명의 발목을 붙잡는 난제로 떠올랐다. 혁명을 지지하는 애국적인 사람들의 도움으로 상당한 자금을 모을 수 있었지만, 국가 개혁 사업을 추진하기에는 턱없이 모자랐다.

재정난은 자칫 혁명을 그르치게 하는 장애가 될 수도

있었지만 다행히도 그 외에는 대부분의 일들이 비교적 순조롭게 풀려 나갔다. 특히 혁명 정부에 대한 민중들의 지지는 열렬했다. 또한 김옥균 정부의 혁명 전략과 추진력도 놀라왔다. 그것을 지켜보고 있는 이토와 일본은 당혹감을 감추지 못했다. 혁명 정부의 일처리는 매우 신중하면서도 신속해서 민중의 신뢰도 높아만 갔고, 정부와 민중들이 일심동체가 되어 혁명 개혁을 추진해갔다. 심지어 어린 학생들까지도 혁명에 동참하고 나섰다. 애국심이 충만한 학생들이 학교에서 공부 열심히 하고, 집에서 부모님께 순종하는 것이 나라를 위한 의무라 여기며 꿈을 키워나갔다.

두 달여 동안에 이뤄낸 혁명의 성과는 실로 엄청났다. 반면, 혁명과 개혁의 파고가 높아질수록 일본의 처지는 수세를 면치 못했다. 그들이 이런 난국을 타개하려면 오직 러일전쟁이 조기 종전되는 길 뿐이었다. 그러나 전쟁에서는 예상을 뒤엎고 악전고투를 거듭했다. 이 틈에 만약 혁명 정부가 확고하게 자리를 잡으면, 일본의 야욕은 하루아침에 물거품이 되고 마는 것이었다.

그럼에도 전쟁은 여전히 끝날 기미가 보이지 않았다. 엎친 데 덮친 격으로 만주에서는 독립군의 항일투쟁도 격렬히 일어났다. 그야말로 일본에게는 진퇴양난의 형국이었다. 이런 상황이라면, 설령 일본이 전쟁에서 승리한다 해도, 모든 것을 다 잃는 것이라는 조바심이 일본을 짓눌렀다. 그런 상황을 우려한 일본에서는 러일전쟁과 한국 정세에 대한 불안이 높아만 갔다. 성급한 도쿄의 언론들은 이토를 향해 비난의 화살을 퍼부었다. 이토의 치명적 과오로 불리한 상황을 초래했다면서 공개적으로 비난하고 나섰다.

이토의 신중하지 못한 판단이 결국 일본을 불행으로 이끌고 말 것이라는 비관론이 일본 전역을 뒤흔들었다. 그러나 이토는 침묵으로 일관할 뿐이었다.

당시 박선초는 총리대신 직을 고사한 채 뒤에서 은밀하게 김옥균 정부의 혁명을 지원하고 있었다. 그는 주로 혁명 정부의 사업들을 자문하는 역할을 했다. 그는 중앙에 머물기보다는 전국을 순회하며 민중들을 동원하는 데 힘을 쏟았다. 또한 민심을 살피고, 그에 대한 정보를 정부에 전달하면서 혁명 사업의 기반을 구축해갔다. 한국의 혁명을 지연시키려는 이토의 계략을 정확하게 간파하고 있던 그는 일본군과 결전하는 데 필요한 군사를 양성하는 데 전력을 다했다.

혁명의 위기

1905년 6월 9일 러일전쟁이 별안간 종전되었다. 이날은 이토가 예상한 것보다 불과 2~3일 뒤였다. 누구도 예상하지 못한 급작스런 종전이었다. 또 이상한 것은 종전을 선포한 뒤 일본이 전선에서 군대를 철수하지 않았다는 것이다. 오히려 그들은 만주의 전략적 요충지에 군대를 더욱 증파해갔다.

그 이유가 무엇이었을까? 러시아에게서 전후 보상을 확실히 받아내기 위해 무력적 공세를 늦추지 않았던 것이다. 러시아가 일본의 요구에 불성실하게 나온다면, 군사적 행동을 감행하겠다는 협박이었다. 그와 함께 일본은 미국의 루즈벨트 대통령에게 러시아와의 평화협정 중재를 요청했다. 일본이 루즈벨트에게 협정 중재를 요청한 데는 그럴 만한 이유가 있었다. 당시 미국은 중국

진출에 한창 눈독을 들이고 있었다. 그러나 역시 만주를 호시탐탐 노리는 러시아는 미국에게 몹시 껄끄러운 존재였다. 미국이 러일전쟁에서 일본 편에 섰던 데는 그런 러시아를 견제하려는 의도가 담겨 있었다. 루즈벨트는 일본에 군수물자를 지원하는 한편 러시아와의 전쟁에서 승리할 수 있다는 심리적 자신감까지 불어 넣는 등 전쟁 도발을 부추겼던 게 사실이다.

전쟁을 치르는 과정에서 러시아와 일본 두 나라가 승패를 떠나 치러야 했던 대가와 피해는 실로 엄청났다. 일본은 거의 탈진 상태에 빠져들었다. 사실 전쟁을 지속할 여력조차 없는 상황이었다. 그런 사정은 러시아도 마찬가지였다. 때문에 두 나라는 내심 종전을 간절히 바랬지만, 전후 처리에 대한 복잡한 문제들이 얽혀 선뜻 협상에 나서지 못했다. 때문에 제3의 국가가 나서서 종전 협상을 중재해주기를 내심 바랐다. 먼저 일본이 중재를 요청한 나라는 미국이었다. 미국은 일본이 요청하자, 선뜻 협상의 중재자로 나섰다. 러시아를 견제할 수 있는 좋은 기회라 여겼기 때문이다. 러시아와 종전 협상이 진행되자, 야욕에 불탄 일본은 다시 한국으로 눈을 돌렸다.

1905년 8월 10일, 일본은 한국으로 군대를 파병한다.

일본 해군은 러일전쟁에 동원되었던 전투함대를 한국 해안선 일대에 집결시킨 뒤 한국에 주둔하는 육군과 합동작전을 펼치며 공세를 강화해갔다. 일본군은 규모나 화력에서 한국군을 월등히 압도했다. 군사적으로 두 나라의 전력은 비교가 되지 못했다. 그럼에도 일본은 총력전을 방불하게 하는 군사 작전을 동원하여 한국의 기세를 일거에 제압하려 했다. 또한 국경선 일대에서 활약하던 독립군에 총공세를 펼쳐서 패퇴시켰다.

러일전쟁의 협상 과정에서 최대의 쟁점은 한국 지배에 대한 우위권을 얻어내는 것이었다. 사실 러일전쟁은 한국을 차지하기 위해 벌인 것이나 다름없었다. 결국 일본은 협상에서 자기들의 의도를 이끌어낼 수 있었다. 그리고 1905년 9월 5일 포츠머스 조약이 체결되고, 일본의 한국에 대한 식민지배가 승인되었다. 그런데 주목해야 할 것은 만주의 일본군이 한국으로 침략하는 과정에서 무고한 양민들을 대량 학살했다는 사실이다.

일본군이 도처에서 아무런 죄도 없는 양민들을 잔인하게 학살한 것은 한국인들을 극심한 공포에 몰아넣어 아예 저항 의지를 갖지 못하게 하려는 계산이었다. 일본군의 만행은 너무도 야만적이었다. 인간으로서는 도저히 상상할 수조차 없는 짓들을 태연하게 저질렀다. 일본군은 별다른 저항도 받지 않은 채 서울을 무혈점령했다. 순식간의 일이었다.

혁명 정부로서는 마른하늘에 날벼락을 맞은 격이나 다름없었다. 한창 혁명에 매진하던 중, 일본군의 서울 점령은 최악의 시나리오가 현실로 다가온 것이었다. 일본군의 무력 앞에 혁명 정부는 손쓸 도리가 없었다. 바람 앞의 촛불 같은 형국에서 혁명 정부는 최후의 수단으로 박선초에게 절대적 전권을 위임했다. 박선초 역시 더 이상 물러설 수 없는 상황이라는 것을 알고 있던 터라, 비장한 각오로 정부의 대표직을 수락했다. 이제 박선초의 곁에는 죽음을 불사한 동지들 몇몇이 따랐다.

일본군이 궁궐을 침입할 때만 해도 박선초와 각료들이 전혀 예상치 못한 게 있었다. 이들은 적어도 몇 달간은 전쟁이 지속될 것으로 내다봤고, 그동안 혁명을 완수한다는 것이 이들의 전략이었다. 그러나 예상과 달리 러일전쟁이 일찍 종전되었다.

국경선 일대에서 끈질기게 저항하던 독립군이 일본군의 대대적 공세에 밀려 참패했다는 소식도 들려왔다. 만주에 출동했던 일본군이 국내로 들어오면서 무고한 양민들을 무차별 학살한다는 비보도 전해졌다. 그런 상황에서 박선초는 마지막 각료회의를 열었다. 절대 절명의 위기에서 정부가 어떻게 대응해야 할지를 결정짓는 회의였다. 어떤 이는 위엄을 잃지 말고 죽음의 운명을 맞이하자고 했다. 어떤 이는 최후의 순간까지 자신들의 임무를 끝까지 지키자고 했다. 또 어떤 이는 목숨을 헛되이 버리지 말아야 한다고 주장했다. 목숨을 바칠 각오가 있으면, 외국으로 망명해 혁명을 계속 이어가자는 것이었다. 그런 상황에서 각료 중 두 사람이 치욕을 당하느니 차라리 죽는 게 낫다면서 자결하고 말았다. 한 사람은 할복을 하고, 한 사람은 투신해 목숨을 끊었다.

1905년 11월 초, 이토가 일본 천황의 특사 자격으로 한국에 다시 들어왔다. 이토는 한국에 오자마자 강제조약 체결을 종용했다. 조약은 '한국이 자주 독립국가의 권리를 포기하고 통치권을 일본에 위임한다'는 내용이었다. 불과 몇 달 전의 이토와는 너무도 다른 모습이었다. 양의 탈을 벗어던진 이토는 나라를 통째로 빼앗으려는 이 조약이 '동양평화'를 위한 것이라는 해괴한 논리를 내세웠다. 이토는 집요하게 혁명 정부를 괴롭혔다. 각료들을 협박하는 한편 박선초에게도 위협을 서슴지 않았다. 그러나 박선초는 이토의 위협에도 결코 굴하지 않았다.

"당신들의 요구를 받아들인다는 것은 한국의 멸망을 용인한다는 의미요! 말도 안 되는 요구에 순응하기보다는 차라리 죽음을 택하겠소!"

그렇지만 일본의 위협과 공세는 더욱 거세졌다. 일본군은 시가지를 막무가내로 활보하는 것도 모자라 완전 무장한 채 무력시위를 감행하는 한편 백병전을 방불하듯 총칼을 휘둘러대며 시민들을 공포에 몰아넣었다. 궁궐을 완전히 포위한 일본군은 혁명 각료들을 감금한 채 협박의 강도를 높여갔다. 그들은 필요하다면 언제든지 군사적 행동도 감행할 것처럼 위협하면서 각료들을 몰아붙였다. 결국 그들에 강압으로 1905년 11월 17일 오후, 각료회의가 열렸다.

박선초와 각료들은 최후의 순간이 왔음을 직감했다. 공포감이 엄습해왔다. 1895년 한밤중의 일을 결코 잊을 수가 없었기 때문이다. 그날도 일본군은 궁궐 일대를 온종일 포위한 채 삼엄한 경계를 펼쳤다. 그러더니 한밤중에 일본 낭인들이 궁궐 깊숙이 침투해 내전에 있던 명성황후를 암살했다. 그처럼 악랄한 짓을 자행한 일본이 그런 일을 다시 저지르지 않을 것이라고 누가 장담할 수 있겠는가?

그날 저녁 일본군은 급기야 궁궐로 침입해 박선초의 집무실까지 쳐들어와 위협을 가했다. 그리고 얼마 후 이토가 한국 주둔 일본군 사령관 하세가와를 대동하고 궁궐에 들어왔다. 이토는 다짜고짜 박선초를 만나겠다고 옥박질렀다. 몸이 불편해 만날 수 없다고 거절했지만 막무가내였다. 마침 박선초는 각료들과 비상대책회의를 열던 중이었다. 이토는 박선초에게 각료들을 물리치고 둘이서 담판을 짓자고 강요했다.

"나와 얘기를 나누고 문제를 단칼에 결정짓는 게 어떻소? 우리에게 협조하면 당신은 부를 얻을 것이고, 그렇지 아니한다면 파멸을 면치 못할 것이오."

이토는 일방적으로 고함을 치며 박선초를 위협했다. 박선초는 그런 이토를 냉정하게 지켜보면서 묵묵히 서 있을 뿐이었다. 혼자 떠들며 협박하던 이토가 일단 물러난 뒤 궁궐 밖에서는 일본군이 부르는 구령과 기합 소리가 밤새 창문 너머로 들려왔다. 서울에는 각국의 외교사절단이 주재했지만 한국에 도움을 주는 외교단은 어디에도 없었다. 그들은 단지 일본의 눈치만 살폈다.

박선초가 일본의 요구를 완강히 거부하자, 일본은 끝내 외무대신을 상대로 조약 인준에 필요한 옥쇄를 건네라고 강요했다. 이를 안 박선초가 어떤 일이 있어도 옥쇄를 넘겨줘서는 안 된다고 명령했으나, 일본은 군대를 궁궐로 침투시켜 끝내 옥쇄를 강제로 탈취해가고 말았다. 모든 것이 끝장나는 순간이었다.

박선초는 피를 토하며 울부짖었다.

"이제 와서 더 이상 목숨을 연명하며 살아갈 필요가 없구나. 이 나라 백성들은 끝내 일본의 노예가 되고 말았다. 4,000년 이상 독립을 지켜온 한국의 정신이 하루아침에 몰살하고 말았구나. 단군과 기자 이후, 4,000년을 이어 내려온 고유한 독립 국가! 참으로 애통하도다. 사랑하는 백성들이여!"

한국의 혁명은 이렇게 일본군의 소행으로 무참히 스러지고 말았다. 혁명 정부의 각료 중에는 목숨을 건진 몇몇이 해외로 망명했으나, 김옥균 같은 이는 불행히도 중국 상하이에서 암살을 당했다. 혁명 정부의 각료들이 이리저리 흩어지는 가운데 일본군의 최대 관심은 박선초의 행방에 쏠렸다. 혁명의 지도자로서, 한국의 정신을 상징하는 박선초를 체포하는 데 혈안이 되었던 것이다. 만약 박선초를 붙잡지 못하면, 그가 어디에서 또 혁명을 일으킬지 모를 일이었다. 일본군은 박선초를 잡기 위해 사냥개처럼 방방곡곡을 샅샅이 뒤졌다. 심지어 엄청난 현상금을 내걸기도 했다. 그러나 그의 행방은 묘연할 뿐이었다.

그는 과연 어떻게 된 것일까? 일본군이 한국인을 대량 학살할 때 죽은 것은 아닐까? 아니면 해외로 무사히 탈출했을까? 행방이 오리무중인 가운데, 한국인들은 그가 무사히 해외로 탈출했기를 간절히 바랐다. '박선초는 절대 죽지 않았다!'

그런 믿음이 한국인의 가슴에 신념처럼 새겨져 있었다. 실제로 박선초는 이미 일본군의 포위망을 피해 안전한 곳에서 숨어 기회를 엿보고 있었다. 그렇지만 일본군과 박선초의 쫓고 쫓기는 추격전은 계속되고 있었다. 심지어 일본군은 박선초가 해외로 탈출했을 가능성을 배제하지 않고 중국·일본 등으로 체포망을 넓혀나갔다.

박선초는 마지막 회의를 마친 뒤 궁궐을 몰래 빠져나왔다. 궁궐 밖에서는 빗발치듯 쏘아대는 일본군의 총성이 따갑게 들려왔다. 거리에는 온통 매캐한 화약 냄새가 코를 찌르고, 대포 화염이 싯누렇게 하늘을 물들이고 있었다. 그날 이후 박선초와 그의 동지들은 다시 만날 수 없었다. 박선초는 자신의 처지가 그물에 갇힌 물고기와 다를 바 없음을 잘 알고 있었다. 너무도 굴욕적이라 차라리 자결할까도 생각했지만, 아무런 저항도 해보지도 않은 채 죽는 일은 도저히 용납할 수 없었다.

이때 떠오른 묘책이 일본군의 포위망을 탈출하는 것이었다. 그래서 그는 일단 일본군 복장으로 변장해 서울을 빠져나가기로 했다. 그러나 불행히도 일본군 복장으로 갈아입고 도성을 막 나서는 순간, 총탄을 맞고 의식을 잃고 말았다.

　박선초가 의식을 되찾은 것은 어느 날 아침 무렵이었다. 그는 침대에 누워있는 자신을 발견하고는 소스라치게 놀랬다.

　'어떻게 여기 누워 있지?'

　아무리 기억을 되살리려 애썼지만, 아무런 생각도 나지 않았다. 단지, 그곳이 막사로 지어진 일본군 병원이라는 것을 어렴풋이 느낄 수 있었다. 주변을 둘러보니 급조한 건물이지만, 햇볕이 잘 드는 곳에 세워진 것 같았다. 몸을 좀 움직이려 하니 엉덩이에 극심한 통증이 느껴졌다. 엉덩이와 허벅지에 붕대가 칭칭 감겨 있는 것을 그제야 알았다.

　병실 양쪽으로는 20여 개의 침대가 나란히 놓여 있고, 침대마다 부상자들이 누워 있었다. 또 서너 명의 일본군 의무병들이 병실 한복판에서 소리 없이 오가는 모습도 보였다. 오른쪽 침대에는 팔목에 부상을 입은 뚱뚱한 일본군 병사가 코를 드르렁 골면서 깊은 잠에 빠져 있었다. 그 부상자 머리 위쪽 벽에는 병실 차트가 붙어 있었다.

성명: 히로시마 긴지로

군번: N 48

입원 날짜: 1905년 9월 8일

둘러보니 환자들 머리 위쪽에는 저마다 차트들이 붙어 있었다. 그 순간 그는 이마에 식은땀이 나면서 두려움이 스쳐갔다. 과연 자신의 머리 위에는 어떤 차트가 있을까? 불편한 몸을 돌려 그것을 보니, 눈이 의심스러운 내용이 적혀 있었다.

성명: 오모리 아키다

군번: N 175

소속: 41연대 2

입원 날짜: 1905년 11월 17일

차트를 보던 그는 어느새 식은땀으로 온 몸이 흥건하게 젖어 있었다. 어떻게 저런 차트가 쓰였을까? 아무리 머리를 짜내 생각해보려 했지만 도저히 알 수가 없었다. 그는 차트를 쳐다보며, 수수께끼 같은 내용을 되짚

어보려고 안간힘을 썼다. 한참이 지나서야 '군번 175'가 떠올랐다. 그가 변장했던 일본 군복은 도랑에 떨어져 죽은 일본군의 것이었다. 그 일본군의 목에 달린 군번줄에 175가 쓰여 있었음을 기억해낸 것이다. 비로소 의문이 풀렸으나, 이곳에서 빠져나갈 생각을 하니 모골이 송연했다. 자신은 일본군 어망에 잡힌 물고기보다 못한 처지였다. 낚싯바늘에 걸린 물고기 신세나 다름없었다.

탄로는 시간 문제였다. 그렇다고 누워서 죽음을 마냥 기다릴 수는 없었다. 무슨 방법을 써서라도 여기에서 빠져 나가야 한다는 일념뿐이었다.

'여기서 어떻게 벗어날 수 있을까? 일본군의 삼엄한 경계를 뚫고 병원에서 나갈 수 있을까? 부상당한 몸으로 과연 탈출이 가능할까?'

달리 방도를 찾지 못한 채 몸을 뒤척이고 있을 때 의무병이 다가와서는 작은 소리로 질책하듯이 꾸짖었다.

"도대체 왜 그렇게 신경질을 내고 있지? 붕대 감은 것이 아픈가? 움직이지 말고 가만히 있도록 하시오. 당신은 이 병실에서 가장 운이 좋은 사람이오. 당신은 총알이 스쳐지나가 살짝 긁혔을 뿐이지. 보시오. 다른 사람들은 매우 위험한 중상자들이오. 하루 이틀 지나면 당신은 소속 부대로 귀대할 수 있을 것이니 좀 의젓하게 있으시오!"

그는 경미한 부상이라는 말에 내심 안도하면서도, 아무 말도 들리지 않는 것처럼 눈을 감은 채 미동도 하지 않았다. 심한 갈증으로 목이 타들어갔으나, 혹시 물을 달라고 말을 했다가 탄로가 날까 꾹 참았다. 그는 일본말을 들을 수는 있어도 말하는 것은 서툴렀기 때문이다. 의무병이 사라진 뒤, 그는 대체 여기가 어디일까 궁금했다. 한적한 시골임에는 틀림없어 보였다. 주위에 시끌벅적한 소음이 없고, 잡초의 상큼한 풀내음이 은은하게 풍기는 공기가 더없이 맑고 상쾌했다. 시골은 분명한데, 과연 어디일까? 궁금해 도저히 가만히 있을 수 없었다. 어렵사리 몸을 추슬러 창문 너머로 밖을 살피니 뜻밖에도 눈에 익은 곳이었다. 다름 아니라 경기도 송도(개성)의 그림같이 아름다운 계곡이었다.

송도는 서울에서 북쪽 100리 떨어진 곳으로, 그는 이전에 가끔 송도 계곡을 찾은 일이 있었다. 때문에 이 계곡의 지형이 익숙한 터였다.

병원을 빠져 나가려면 무엇부터 어떻게 해야 할 것인가? 병원에 마냥 있으면 신분이 탄로 날 것은 불을 보듯 뻔했다. 그러면 죽임을 당하는 수밖에 없다. 그렇다고 신분을 감출 수도 없는 일이다. 어쩌면 당장이라도 신분이 탄로 날지도 모르는 상황이다. 온갖 궁리를 해봤지만 탈출밖에 다른 방도는 없었다. 그렇지만 뾰족한 방법을 찾지 못한 채 한나절이 흘렀다.

어느덧 어둠이 깔리면서 밤이 깊어갔다. 주위를 둘러보니 병실의 환자들은 모두 잠에 들었다. 환자들을 지키는 의무병들도 고단했는지 의자에 몸을 걸친 채 저마다 코를 골면서 깊은 잠에 빠져 있었다. 오늘 밤 그는 야반도주하기로 결심하고 기회를 엿보던 중이었다.

'이때다!'

모두들 깊게 잠들어 있는 지금이 절호의 기회였다. 그가 막 탈출을 시도하려는 그 순간, 예기치 못한 장애물이 가로막고 있었다. 두 명의 야간 보초병이 쉬지 않고 병원 건물을 서로 반대 방향으로 돌며 순찰하고 있었던 것이다. 자세히 살피니 두 명은 5분 간격으로 정문 앞에 있는 전봇대에서 만났다가 다시 반대 방향으로 돌았다. 창문이 그리 높지 않아, 뛰어 넘는 데는 별다른 문제가 없어 보였다.

과연 야간 보초병의 감시를 피해 탈출에 성공할 수 있을까? 가뜩이나 몸이 정상이 아닌 상태에서, 2~3분 내 수백 미터를 소리 없이 뛰어낼 수 있을까? 온갖 불안이 엄습했지만 탈출을 포기할 수는 없다. 어차피 그냥 있거나, 탈출하다 잡히더라도 죽기는 매한가지라 생각했다. 그야말로 죽기 아니면 살기였다.

어쨌든 그는 구사일생으로 탈출에 성공했다. 어떻게 탈출했는지도 모를 정도로 정신없이 뛰고 또 뛰었다. 그것은 분명 기적이었다. 정신이 들면서는 엉덩이 통증으로 도저히 걸을 수가 없었다. 하는 수없이 엉금엉금 기어 3시간 넘게 수풀을 헤치며 마침내 개성 시내에 이르렀다. 그곳에는 학교 동창인 친구들이 몇몇 살고 있었다.

새벽 다섯 시 무렵이었다. 아직도 어둠에 깔린 길에는 부지런한 농부와 소와 양에게 풀을 먹이려는 소몰이가 가끔 눈에 띌 뿐 한적한 새벽이었다. 꼭두새벽에 소매도 없이 허리띠도 없는 초라한 기모노 옷차림을 한 일본인을, 농부들이 이상한 눈초리로 쳐다보았다. 그들은 해괴한 옷차림의 박선초를 보면서 수근거렸다. 어떤 이는 농민의 재산을 수탈하려는 정탐꾼이라 했고, 또 다른 이는 전쟁 통에 부상당한 일본 군인이 시골에 거지 동냥하러 온 것이라며 지껄였다. 사실 일본군 부상병 중에는 시골에 동냥하러 나타나는 일이 종종 있었다. 비루한 차림새로 전쟁 부상병이라고 생각했던 것이었다.

농부들이 한참동안 수근거릴 때 이 의문의 인물은 어느 집 대문 안으로 사라졌다. 박선초의 대학 동창이 사는 집이었다. 열린 문으로 집안에 들어선 박선초는 친구를 불렀다. 그런데 초라한 형색의 일본인이 느닷없이 집안에 들어오자, 놀란 하인이 몽둥이로 때리며 내쫓으려 했다. 박선초는 하인에게 일단 몽둥이를 내려놓으라고 호통을 치며 타일렀다.

"한국의 전통 풍습에는, 집에 찾아온 손님을 깍듯이 환대하고 모셔야 하는 법이 있소. 그것은 오랜 불문율이오. 내가 일본인이라고 하더라도, 하물며 몽둥이로 때려서는 안 되는 것이오! 무방비 상태에 있는 다른 사람을 공격하는 것은 더 더욱 안 되고, 또 그래야 할 이유도 없소. 나는 자네 주인을 돕기 위해 온 사람이오. 얼른 가서 주인에게 손님이 찾아왔다고 여쭈시오!"

박선초가 하인을 꾸짖을 때, 멀리서 의아하게 쳐다보던 친구가 다가왔다. 그리고는 눈여겨보면서 메마른 어조로 말했다.

"낯모를 이인 듯 하온데, 누구시오? 나에게 무슨 볼일이 있어 오셨소?"

그가 친구에게 귓속말로 '나 박선초요'라 말하자, 친구는 당황하고 미안해하며, 서둘러 그를 데리고 안으로 들어갔다. 그는 친구의 집에서 극진한 대접을 받으며 두 달여가량 머물렀고, 그러는 사이 부상당한 몸도 회복되었다. 그러나 숨어 지내는 것이 허송세월하는 것 같아 죄스러워 견딜 수가 없었다. 새장에 갇힌 새가 자유롭게 날기를 원하듯이, 바깥세상으로 나가 무언가 해야 한다는 욕망이 그의 가슴 속에서 용솟음치고 있었다.

친구는 지금은 위험하니 좀 더 지켜보면서 때를 기다리자고 만류했다. 아닌 게 아니라 박선초를 쫓는 일본군의 경계와 수색은 더욱 삼엄해져갔다. 두 달이 넘도록 박선초의 행방을 알 수 없었기 때문이다. 일본군은 사방에 정탐꾼을 풀어 샅샅이 뒤지는 한편, 국경선 일대에는 일본군 수비병들이 철통같은 경계망을 펼치면서 박선초 체포에 열을 올리고 있었다. 그런 상황을 익히 알고 있었지만, 그렇다고 친구 집에서 마냥 무위도식할 박선초가 아니었다. 일단 그는 보부상을 가장해 나서기로 했다. 전국을 떠돌며 행상하는 보부상이라면 일본군의 감시망을 피할 수 있을 거라는 생각에서였다. 그것도 될 수 있는 대로 늙은 보부상으로 변장했다. 그는 두 달여 동안 이 마을 저 마을로 방랑하다가, 마침내 한국 북동 지역의 국경선에 다다랐다.

중국과 러시아와 맞닿은 두만강 일대는 그 어느 곳보다 경계가 삼엄했다. 그렇긴 하지만 삼국의 국경을 넘나들며 교역하는 상인들의 활동이 활발했기 때문에 사람들의 왕래가 잦은 곳이기도 했다. 인근의 러시아 블라디보스토크에는 세계주의자(코스모폴리트)들이 세계 도처에서 몰려들었고, 국제 무역도 성행해 불법 체류가 용이한 이점도 있었다.

그는 중국 쿨리cooli(노동자)의 누더기 옷을 구해 갈아입었다. 넝마옷이나 다름없었지만, 변장에 유리하니 새 옷보다도 비싸게 주고 샀다. 하찮은 쿨리들은 국경선 너머를 오가면서도 일본군의 경계를 피할 수 있었다. 그는 쿨리로변장한 다음 이제껏 갖고 다니던 보부상의 잡화 바구니를 다리 밑으로 던져버렸다. 어둠이 깔리기를 기다렸다가 그는 국경선 건널목 차단기가 있는 곳으로 갔다. 그곳에는 중국의 짐꾼인 쿨리들이 국경을 오가며 짐을 나르기 위해 모여 있었기 때문이다. 그 틈에 섞여 가게 진열대 앞에서 잠깐 눈을 붙이니, 어느새 동이 텄다. 여행객이나 상인들의 짐을 배달하기 위해 쿨리들이 분주히 움직이는 바람에 주변이 시끌벅적했다. 쿨리들이 하는 짓을 유심히 관찰한 뒤 그도 쿨리 행세를 따라했다.

그때 그럴듯하게 서양 옷차림을 차려 입은 뚱뚱한 일본인 손님이 거만하게 큰 소리로 박선초를 불렀다.

"어이, 이리와!"

그가 다가가자 손님은 중국 영토 쪽으로 가자고 했다. 가방을 건네받는데 일본군 수비병의 시선이 따갑게 느껴져 순간 움찔했지만, 그는 짐짓 태연스럽게 손님 앞으로 걸어갔다. 그런데 막상 손님 앞까지 가서도 무엇을 어떻게 해야 할지 아무 생각이 나지 않았다. 그때 세관원이 크게 소리치는 것을 듣고서야 번득 정신이 들었다.

"야! 이놈아! 거기 뭐하고 있어? 도대체 어느 쪽으로 가고 있는 거야? 세관규칙도 제대로 몰라! 바보 아냐? 자꾸 꾸물거리면 쿨리 통행증을 빼앗아버릴 테니 서둘러라!"

세관원이 욕설을 한바가지 퍼붓고 있을 때 세관 사무소 앞으로 걸어간 손님은 빈정거리는 투로 화가 잔뜩 난 세관원에게 말했다.

"존경하는 세관원님, 불쌍한 중국 쿨리들은 모두 바보천치요. 무식하고 불쌍한 이 짐꾼을 너그럽게 봐주시면 좋겠소. 중국 쿨리들은 짐바리 짐승보다도 못하다오."

손님은 쿨리를 향해 말했다.

"이쪽으로 와서 테이블 위에 가방을 올려놓거라."

손님이 가방을 열어 보이려고 하자, 일본군 세관원은 신고할 것이 있냐고 정중히 물었다. 세관 신고할 것이 없다고 하자, 세관원은 공손한 말투로 세관을 그냥 통과

하라고 했다. 쿨리는 가방을 등에 메고 세관사무소를 나와 손님의 뒤를 쫓아갔다. 국경선을 통과한 뒤 그는 중국의 한 도시에서 손님과 헤어졌다.

박선초는 천신만고 끝에 지옥에서 벗어나 숨을 자유롭게 내쉴 수 있었다. 궁궐을 몰래 빠져나온 지 5개월 만의 일이었다. 그렇지만 아직도 자유의 몸이라 하기에는 일렀다. 러일전쟁이 끝난 뒤에도 일본군이 여전히 만주에 남아 있었기 때문에, 도처에 일본 경찰과 일본군 순찰병들이 깔려 있었다. 그래서 그는 되도록 빨리 만주를 벗어나 베이징에 가기로 작정했다. 베이징에는 오래전부터 가깝게 지내던 중국 친구들이 있었다. 그들은 중국에서 영향력 있는 자리에 있었으며, 또 그들의 도움을 얻어 베이징에 혁명 거점을 마련한다는 계획을 세웠기 때문이다. 베이징까지는 기차 편을 이용해 가는 게 편했지만, 일본군의 검문을 피하기 위해 걸어가기로 했다.

그는 4개월여를 걷고 걸어서 마침내 베이징에 도착했다. 베이징으로 가는 동안 그가 겪어야 했던 고통과 위험은 이루 말할 수 없었다. 생각해보라! 낯선 남의 땅에서 수천 리가 넘는 길을 걸어야 한데다가, 잠자고 먹고 입을 것도 없고 심지어 가는 곳마다 이상한 사람으로 의심을 받아야 했으니 그 고생이란 차마 글로 다 표현할 수 없을 정도였다. 그러나 고통이 클수록 사람은 더욱 강인해진다는 말처럼, 그 역시 고통을 이겨내면서 더욱 굳건해져갔다.

베이징에서 중국인 친구들은 그를 열렬히 환영했다. 그렇지 않아도 박선초의 행방을 걱정하던 차에 그가 홀연히 나타났으니 얼마나 기뻤을까. 마침 중국인 친구들도 박선초가 한국에서 그랬듯이, 중국의 혁명을 위해 거사를 도모하던 중이었다. 박선초와 중국인 친구들은 의기투합했고, 혁명적 동지로서 굳게 결의를 다졌다.

박선초의 행방에 대해서는 베이징 언론에서도 깊은 관심을 드러낸 바 있었다. 언론에서는 1년 전 한국에서 일어난 사건들을 보도하면서 일본의 침략에 신음하는 한국에 깊은 동정을 보내기도 했다.

'과연 박선초가 살아 있을까?'

언론 역시 그의 생사 여부가 초미의 관심으로 떠올랐다. 추측이 무성한 가운데 혹시나 잘못된 것은 아닐까 우려 섞인 기사도 발표되고, 몇몇 언론에서는 정통한 소식통을 빌려 박선초가 죽었을 것이라는 기사를 내보내기도 했다. 심지어 조의를 표하면서, 박선초의 생전 업적을 알리는 기사도 실렸다. 그러나 박선초가 베이징에 도착한 사실은 철저하게 비밀로 했다. 베이징에 도착한 박선초는 비로소 그를 에워싸고 있던 온갖 위험에서 벗어날 수 있었다. 그러나 안식도 잠시뿐이었다. 혁명을 위한 재시동을 걸었던 것이다.

자유는 그에게 있어서 삶의 본질이었다. 그는 그의 삶에서 최고의 자유를 추구했다. 그는 자유가 없는 삶은 죽은 것이나 다름없다고 여겼다. 그는 자유를 얻기 위해 마침내 베이징에서 중국 귀화를 결심했다. 귀화 문제는 중국 친구들의 도움을 받아 쉽게 해결했다. 그가 베이징에서 어떤 계획을 세웠는지는 알 수 없다. 다만 그가 국적을 바꿨다는 사실을 보면 뭔가 중대한 결심을 했음을 엿보기에는 충분하리라.

AUTOUR
D'UNE
VIE CORÉENNE
어느 한국인의 삶

2부

시골마을, 영산

박선초의 부모님이 살아계실 때의 일이다. 그가 혁명을 일으킬 무렵, 부모님들은 도시 생활을 정리하고 영산에 있는 시골집으로 낙향했다. 영산 시골집은 원래 할아버지가 살던 집이었다. 박선초는 이 집에서 유년시절 많은 시간을 보냈다. 고향 영산은 차마 꿈에도 잊지 못할, 사무치게 그리운 곳이다. 그곳에는 어린 시절 아름다운 추억들이 밤하늘에 빛나는 별처럼 총총히 수 놓여 있다.

어릴 적 시골집을 떠올리면, 제일 먼저 생각나는 사람이 할머니다. 손자에 대한 할머니의 사랑은 지극할 정도로 유별났다. 한국에는 원래 남아를 선호하는 풍습이 있기는 했지만, 할머니의 손자 사랑은 그런 중에도 남달랐다. 다소 근엄한 인상이지만 손자에게는 한없이 너그러웠던 할머니를 뵌 지가 얼마나 되었는가? 이제 다시는 뵐 수 없게 되었지만 ….

불현듯 고향에 대한 향수가 그윽하게 밀려왔다. 27년을 살아오는 동안 고향의 추억과 가족들의 사랑은 변치 않는 큰 힘이었고 든든한 울타리였다. 외롭고 힘든 망명 생활이었지만 어떤 고난이 따르더라도 오직 혁명을 위해 몸과 마음을 바치기로 박선초는 다시금 굳게 맹세했다. 고단한 생활의 연속일지라도, 이따금 꿈에서나마 고향을 만나는 것보다 더 기쁘고 반가운 일은 없다.

수백 년 된 아름드리 소나무가 울창하게 들어선 산기슭, 그 앞으로 드넓게 펼쳐진 평야, 산과 들판 사이로 한 귀퉁이에 고즈넉이 자리한 시골 마을, 그리고 환히 웃는 할머니의 얼굴 ….

그의 고향은 한국의 최남단 경상도에 있는 시골마을이다. 기름진 논밭에는 언제나 풍년의 노래가 울려 퍼졌다. 그래서 마을의 별칭이 '곡창'이었다. 그는 어느덧 회상에 젖으며 20년 전 어린 시절로 되돌아갔다. 시골 영산은 기껏 100여 명이 사는 작은 마을이다. 그곳에는 송이버섯처럼 생긴 초가집들이 옹기종기 모여 있고, 뒤편으로 우뚝 솟은 기와집 한 채가 있다. 기와지붕을 넓은 처마로 받치고 있는 이 집은 학교이자, 노인들이 모이는 경로당이었다. 학교에서 멀리 떨어지지 않은 나지막한

언덕 위에는 족히 두세 아름은 될 법한 버드나무가 드리워 있고, 그 옆으로 맑은 샘터가 있다. 이 샘물은 마을 사람들의 식수를 공급하는 유일한 곳이었다.

해가 뜨고 질 무렵이면 싱그러운 여성들이 저마다 물을 길러 왔다. 물을 깃는 여성들의 몸짓은 우아하고 아름다웠다. 그리고는 능숙한 솜씨로 물독을 머리 위에 얹고 오솔길을 따라 집으로 향했다. 마을의 식수를 전담하는 샘터는 여성들의 유일한 자유 공간이자 휴식터였다. 물을 길러온 여성들은 이곳에서 마음껏 수다를 떨고는 깔깔거리며 웃어댔다. 한국의 풍습에 '요조숙녀'란 말이 있듯이, 여성들은 항상 얌전하고 정숙해야만 했다. 때문에 여성들에 대한 예의범절은 무척이나 까다롭고 엄했다. 어른 앞에서 공손한 태도를 해야 함은 물론 함부로 말을 할 수도 없었으며, 자유롭게 외출할 수도 없었다. 그들에게 허락된 외출은 오직 아침저녁으로 샘터로 물을 길러 나오는 게 전부였다. 그래서 마을 여성들이 한껏 자유를 만끽하던 곳이 바로 샘터였다.

마을에는 집과 집 사이로 꼬불꼬불 골목길이 나 있었다. 골목길은 마을 한복판을 가로지르다가 동구 밖으로 실개천처럼 흘러나갔다. 조그만 골목길은 집과 집을 구분하는 경계였다. 시골집의 형태는 도시의 집과 달리 특이한 구조다. 몇 채의 초가가 겹치듯 연결되고, 그 바깥을 울타리가 둘러싸면서 하나의 독립된 주거 공간을 이룬다. 그리운 고향집을 떠올리니, 어느새 그의 눈가에는 은은한 미소가 아롱거렸다.

여섯 살 때의 일이다. 아버지는 어린 선초를 가정교사인 선생에게 부탁해 처음으로 시골에 있는 할아버지 댁으로 보냈다. 그가 영산에 도착한 것은 한낮 무렵이었다. 할아버지 댁은 마을에서 가장 큰 집이었다. 아름드리나무로 기둥을 세운 대문은 얼핏 봐도 으리으리하고 육중했다. 대문 가운데는 쇠붙이로 만든 문고리와 동그란 문양의 쇠장식이 공예품처럼 달려 있었다. 대문을 열자, 낯선 사람들을 보고 복슬 강아지 두 마리가 짖어댔다. 개 짖는 소리에 할아버지가 나와 "쉿! 조용히!" 하자, 개들은 이내 짖던 것을 그쳤다.

집안에 들어서자, 지붕에 덮은 두터운 볏단에서 싱그러운 풀냄새가 은은히 풍겼다. 할아버지의 집에는 모두 다섯 채의 초가가 있었는데, 그중 두 채가 바깥채, 세 채가 안채였다. 바깥채인 사랑채와 안채 사이에는 넓은 마당이 있고, 그 사이에 중간 문이 있다. 대문을 열고 사랑채를 지나, 다시 중간 문을 열고 들어가면 깊숙한 곳에 안채가 있다.

어린 선초는, 손자가 왔다는 말에 버선발로 뛰어나온 할머니 품에 안겨 의기양양하게 안채로 들어갔다. 그러나 선생은 안채로 들어가지 못한 채 사랑채에 머물렀다. 한국의 풍습으로는 외간 남자가 안채에 출입할 수 없었다. 한국의 집들은 대개 사랑채와 안채로 나뉘어 있다. 할아버지 집도 두 채의 바깥채가 사랑채이고, 중문 안에 있는 마당과 세 채의 초가가 '내당'이라 부르는 안채이다. 사랑채는 남편의 생활공간으로, 여기서 책을 읽거나 손님을 맞아들인다. 남편은 안채의 일에 일체 참견하지 않는 게 전통 풍습이다. 부인은 내당, 즉 안채의 주인으로 집안 살림살이를 도맡고 아이들을 키운다. 부인 역시 남편의 공간인 사랑채의 일에는 관여하지 않았다.

　집안 식구가 아닌 외간 남자는 반드시 내당 마님의 허락을 받아야만 안채에 들어갈 수 있었다. 외간 남자가 안채에 들어가는 것은, 집안과 허물없는 아주 친숙한 사람이거나 친척인 경우에만 허용되었다. 선생이 선초와 함께 안채로 들어갈 수 없었던 것은 그런 풍습 때문이다.

　할머니의 팔에 안긴 선초는 세 채의 초가 중 가장 크고 가운데 있는 집으로 들어갔다. 이 초가집에는 2개의 방, 방과 방 사이에 문과 벽이 없는 대청마루가 있었다. 그중 왼쪽의 커다란 방이 내당의 중심인 안방이다. 선초는 할머니 품에서 내려 신발을 벗었다. 한국에서는 방 안에 들어갈 때는 반드시 신발을 벗어야 한다. 실내에서 는 반드시 버선발로 생활하는 것이 한국의 법도이다.

창살 사이로 햇빛이 내비치는 안방은 널찍하고 깨끗 했다. 방안 벽에는 눈이 부시게 하얀 종이가 깔끔하게 붙어 있었다. 대나무를 가늘게 잘라 엮은 문살은 정교하 고 신비로우며 아름다웠다. 방문은 나무로 만든 직사각 형의 문틀에 대나무 창살을 끼운 뒤 창호지를 붙여 만들 어졌다. 그래서 햇빛이 창호지를 타고 방안을 환하게 비 추고 있었다. 아버지가 사는 도시의 집에서는 볼 수 없 는 문이었다. 아버지 집에는 통나무로 만들어져 시골집 의 문보다 더 견고하고 탄탄하지만, 햇빛이 통하지 않아 방안이 늘 어둡고 우중충했다.

방안에는 단순한 형태지만 단아하고 오래된 서너 개 의 가구와 몇 개의 방석이 놓여 있었다. 바닥에는 사각 모양의 노란 종이를 붙였는데, 대리석처럼 단단하고 투 명하며 반질반질 윤이 났다. 방바닥 밑에는 바깥 아궁이 에서 장작불을 펴 따뜻한 온기가 바닥을 통해 방안에 골 고루 퍼지도록 되어 있었다. 한국에서는 방바닥에 마루 대신 온돌을 놓는다. 온돌이란, 방바닥 밑에 시멘트와 벽돌로 구불구불하게 통로를 놓은 다음 그 위에 구들을 놓고 진흙으로 빈틈을 메운 방 난로이다. 그리고 평평하게 다져진 진흙바닥 위에 반짝이고 매끌매끌한 장판지를 풀로 붙여 방바닥을 마감한다. 장판지는 더러움을 방지하고, 방수 효과도 뛰어나 매우 위생적이었다.

안방에는 10여 명의 친척들이 앉아 있었다. 선초가 온다는 소식을 듣고 일가친척들이 환영하기 위해 온 것이다. 잠시 후 일하는 여성이 들어오더니, 사람들이 앉아 있는 방석을 뒤쪽으로 밀어달라고 말했다. 그러자 사람들은 점심상이 차려진다는 것을 이내 알고 방석을 뒤로 물려 앉았다.

한국의 집에는 식당이 따로 없고, 주로 안방에서 식사를 한다. 그러니까 안방이 식당을 겸하는 셈이다. 사람들은 저마다 조그만 밥상(소반)을 받아 각자 벽에 등을 대고 둘러앉아서 밥을 먹는다. 때문에 방 한가운데 앉아서 밥을 먹는 것은 좀처럼 보기 드문 일이다.

두 명의 여성이 들어와 나이든 사람부터 차례대로, 예쁜 접시와 밥그릇, 국그릇, 수저가 놓인 조그만 밥상을 갖다 놓았다. 밥상은 네모반듯한 것, 둥근 것, 육각형 등 여러 가지 모양이다. 높이는 대략 30센티미터, 넓이는 40평방센티 정도였다. 물론 어린 아이의 밥상은 더 작았지만, 사람들은 저마다 소반을 하나씩 받아 밥을 먹기 시작했다.

선초는 할머니와 스무 살 된 삼촌 사이에 앉았다. 그는 소반에 차려진 음식이 어떤 것일까 호기심 가득 찬 눈으로 보았다. 깊숙하게 홈이 파인 그릇에는 흰쌀로 만든 밥, 국그릇에는 고기를 다져 육수를 내고 채소를 넣어 끓인 국, 두 개의 접시에는 나물 무침, 불고기 한 접시, 생선조림 한 접시. 한눈에 봐도 정성이 담긴 음식들이 먹기 편하게 조리되어 있었으며, 깔끔하고 정갈했다. 수저는 숟가락에 두 개의 대나무 젓가락을 놓았다. 어린 선초는 아직 젓가락질을 잘 못해 할머니가 옆에서 거들어주었다.

식사를 하는 동안 식모 한 사람이 방에 남아 시중을 들었다. 식모는 국을 다 먹으면, 국그릇을 치우고 따뜻한 물을 가져왔다. 국그릇을 다 치우고 물을 올린 뒤에는 나갔다. 식사는 한 시간 정도 지나서야 끝났다. 식모는 상을 치우러 다시 들어와 소반을 모두 내갔다. 그리고 안방은 다시 본래 모양으로 돌아왔다. 이렇게 먹는 점심은 특별한 날의 음식상이다.

한국 사람들은 하루에 보통 세끼를 먹는다. 아침과 점심, 저녁 식사이다. 세끼 중 가장 잘 차려먹는 식사는 오전 8~9시 사이에 먹는 아침이다. 그 다음이 저녁식사이다. 점심에는 대부분 간단하게 찬밥으로 먹는다. 점심이란 말은 '마음에 점을 찍는다[點心]'는 뜻으로, 대부분 가볍게 식사를 한다.

농민이나 일을 하는 사람들은 세끼 외에 두 번의 식사를 더한다. 새벽부터 일하기 때문에, 밭에 일하러 나가기 전 주로 큰 대접에 밥을 말은 해장국을 먹는다. 점심과 저녁 사이 무렵인 오후 4시쯤에는 새참으로 막걸리 한 잔을 마신다. 반면에 도시에서 잘사는 사람들은 오후 4시쯤 막걸리 대신 티타임에 과자를 곁들여 차를 마신다.

선초는 할아버지를 볼 때마다 웃음이 절로 나왔다. 70대의 노인인 할아버지는 대머리였다. 보통 머리숱이 많은 사람들은 머리 중앙에 묵직하게 머리를 돌려 상투를 튼다. 그런데 할아버지는 앞머리와 윗머리에 숱이 없어, 뒤통수에 난 몇 가닥의 머리카락을 들어 올려 상투를 틀 수 밖에 없었다. 그러니 상투가 머리 뒤로 비뚤하게 틀어져 우스운 모양새였다. 어린 선초의 눈에도 그 모습이 너무 우스꽝스러웠다. 하지만 할아버지를 마주한 채 웃을 수는 없어, 할머니 젖가슴에 머리를 파묻고 깔깔대며 웃어댔다. 그러면 할머니는 손주가 웃는 뜻도 모른 채 손주를 쓰다듬으며 마냥 좋아했다.

한국에는 머리를 길어 올려 묶는 상투라는 풍습이 있

다. 옛날에는 남녀노소를 불문하고 모두 머리를 길게 길렀다. 물론 종이나 하인은 제외였다. 머리를 기르는 방법에는 두 가지가 있었다. 어린 아이들은 남자든 여자든 모두 머리를 길러 댕기머리로 땄다. 남자가 15세 성년이 되거나 조혼을 하면 댕기머리를 풀어 머리 중앙에 뾰족하게 올려 묶었다(어린 나이에도 결혼을 하면 15세가 안되더라도 성년으로 간주하는 풍습). 이것이 상투다. 여자들은 결혼을 해야만 머리 모양을 바꿀 수 있다. 댕기머리를 머리 뒤쪽에서 틀어 묶는데, 그것이 쪽머리다. 그러나 요즘은 중세기적인 고풍스런 상투를 튼 사람을 거의 찾아볼 수 없다. 다만 시골에서는 늙은이들이 조상에게서 물려받은 전통을 자랑스럽게 여겨 아직도 상투를 틀고 있다.

안방에서는 점심을 마친 사람들이 한동안 웃고 떠들면서 이야기꽃을 피웠다. 아버지와 어머니에 따르면 할머니는 모든 사람들에게서 사랑과 존경을 받았지만, 집안사람들은 엄격한 할머니를 꽤나 어려워했다고 한다. 할머니는 쌀 한 톨, 보리쌀 한 알이라도 땅에 떨어트리면 그것을 주워야 한다고 가르쳤다. 또 사람들이 떨어진 곡식을 무심코 밟으려 치면 불호령을 내릴 만큼 근검 정신이 몸에 밴 분이었다. 할머니는 밥풀 한 알, 보리쌀 한

톨도 버리는 법이 없었다. 할머니는 허리를 구부리고 손으로 땅에 떨어진 쌀 한 톨도 정성스레 주웠다(그 광경이 마치 밀레의 이삭줍기에서 여인네의 허리 굽힌 모습과 흡사한 이미지로 전달된다-역주). 할머니는 부엌에 드나들 때마다 일하는 사람들에게 "배부르게 잘 먹어라! 그러나 쓸데없이 낭비하지 말고 아껴야 한다"라고 당부했다.

어느덧 시간이 흘러 저녁때가 되었다. 식모가 안방에 들어와 저녁상이 준비되었다고 알렸다. 저녁상도 점심때와 같은 방식으로 차려졌는데, 반찬 몇 가지 정도가 바뀌었을 뿐이다.

저녁 식사가 끝나자, 할머니는 어린 손자에게 잠을 자야한다고 했다. 손님들을 배웅한 뒤 할머니는 손자를 건넌방으로 데리고 갔다. 할머니의 침실은 안방보다 약간 작았다. 침실에는 문갑·장롱·장식장이 가지런히 놓여 있었다. 방문 맞은편 구석에는 회색 천으로 된 이불보 안에 이불과 베개가 있었다.

어둠이 깔리기 시작하여 등잔불을 켜니, 방안이 은은한 빛으로 밝아졌다. 안방과는 달리 침실에는 등잔과 이불보따리가 있다. 할머니는 이불보따리를 풀고, 두꺼운 이불 두 채와 베개를 꺼냈다. 그중 하나는 아주 두꺼우며 길고 좁은데, 이것을 바닥에 까는 요라고 한다. 다른 하나는 요보다 두께가 얇고 폭이 더 넓은 정사각형 모양으로, 이것이 몸을 덮는 이불이다. 어린 선초는 할머니 옆에서 이불을 덮고 누웠다. 그러나 도시에 있는 부모님 생각 때문에 쉽게 잠이 오지 않았다.

"선초야, 잠이 오지 않느냐?"

"네, 할머니…. 자고 싶지 않아요."

"그러면 이 할머니가 옛날이야기 하나 해줄까?"

좀처럼 잠들지 못하는 손자에게 할머니는 구수한 옛날이야기를 들려주었다.

"옛날 옛적, 깊고 깊은 산골 외딴 집에서 아주 가난한 부인이 어린 자식 세 명을 데리고 살았단다. 큰애는 달순이라는 여섯 살 난 여자아이고, 둘째는 영수라는 네 살짜리 남자아이, 셋째는 선영이라는 두 살 배기 아기였지. 가난한 부인은 매일같이 이웃 마을에 일하러 나가야 했단다. 남의 집 빨래를 해주거나, 허드레 일 등 가리지 않고 일을 했지. 그렇게 세 명의 어린 자식들에게 먹일 쌀·떡·고기 등을 벌어왔어. 그러던 어느 날 부인은 여느 때처럼 집에서 멀리 떨어진 동막이라는 마을에 일을 하러 갔단다. 그리고 저녁이 되자, 쌀과 사탕, 고기를 담은 바구니를 들고 집으로 돌아오는 길을 서둘렀지. 그런데 집채만 하게 큰 무시무시한 호랑이가 길 한복판에 떡 버티고 있는 게 아니더냐!

　호랑이는 겁에 질린 부인에게 금방이라도 잡아먹을 듯이 달려들면서 '어디서 와서, 어디로 가는 길이냐?' 하고 물었지. 부인은 '동막에서 오는 길입니다. 하루 종일 어린 것들에게 줄 쌀, 사탕, 고기를 벌기 위해 피땀 흘려 일했어요. 어린 것들이 저를 눈 빠지게 기다리고 있습니다. 저를 보내주세요'라고 말했단다. 그랬더니 호랑이는 '나에게 쌀을 주면, 너를 잡아먹지 않겠다'라고 위협했지. 불쌍한 부인은 호랑이게 쌀을 빼앗기고 종종 걸음으로 아이들이 기다리는 집으로 향했단다.

　그러나 얼마 안가서 또 다른 호랑이가 달려들어 '어디서 와서, 어디로 가는 길이냐?' 하고 물었지. 부인은 또 '동막에서 오는 길입니다. 하루 종일 어린 것들에게 줄 쌀, 사탕, 고기를 벌기 위해 피땀 흘려 일했어요. 어린 것들이 저를 눈 빠지게 기다리고 있습니다'라고 했단다. 그러자 호랑이는 '사탕을 주면 너를 잡아먹지 않겠다'라고 했지.

　불쌍한 부인은 호랑이게 사탕을 빼앗기고 종종 걸음으로 집으로 향했단다. 그런데 또 다른 호랑이가 나타나서 고기를 달라고 하는 것이 아니더냐? 고기까지 빼앗기고 말았지. 그리고 또 마주한 호랑이는 치마를 달라고 했단다. 부인은 결국 입었던 옷까지 다 빼앗기고 말았어. 그 호랑이들은 각기 다른 호랑이가 아니라, 실은 한 마리였단다. 호랑이는 부인에게서 빼앗은 옷을 입고는 아이들의 엄마인 냥 분장을 했지. 호랑이는 아이들이 기다리는 집으로 가서 문을 두드렸다. 아이들이 반갑게 소리치며 '누구세요? 엄마야?' 라고 묻자, 엄마로 분장한 호랑이는 '그래 엄마다! 어서 문 열어라!'라고 했단다. 아이들은 의아한 듯 '어! 엄마의 목소리가 아닌데' 하고 중얼거렸지만, 호랑이는 '엄마가 감기가 걸려서 그렇단다. 빨리 문 열어라!'라고 변명을 했어.

한참 망설이다가, 달순이가 문을 열었지. 그런데 엄마라고 들어온 사람의 모습을 보니, 아무래도 의심스런 생각이 들었단다. 불빛도 없는 방안에 들자마자, 엄마라는 사람이 애기 이불을 덮고 쌔근쌔근 착하게 잠들어 있는 아기 선영이를 덥석 움켜쥐었어. 어린 달순이는 남동생을 두 팔로 꼭 껴안고 무서워 달달 떨면서 방구석에 웅크리고 있기만 했단다.

'엄마'가 무언가를 빠드득 소리를 내며 먹자, 어린 남동생이 '엄마, 뭐 먹고 있어?'라고 물었지. 호랑이는 '아무 것도 아냐'라고 대답했지만, 그 순간 달순이는 엄마의 치마 밖으로 나온 호랑이의 꼬리를 보았단다. 아주 소스라치게 놀랐지. 달순이는 깜깜한 방에서 호랑이가 아기를 먹고 있는 것을 똑똑히 보고 말았던 것이야.

겁에 질린 달순이는 용기를 내서 '엄마, 화장실에 가고 싶어!'라고 말했단다. 호랑이가 '밖이 춥단다' 하고 말리자, '그래도 급한데!'라 했고, 호랑이가 빨리 다녀오라고 말하자 '혼자 나가기는 무서운데, 영수야, 나랑 같이 가자!'라며 영수까지 함께 데리고 나가려고 했단다.

호랑이는 '혼자 갔다 와! 문 열어놓을게'라고 했지만, 달순이는 끈질기게 '엄마! 그래도 무서워! 영수랑 함께 갔다 올게!'라며 영수와 가겠다고 말했지.

아기를 씹어 먹는 데 정신이 팔린 호랑이는 두 아이가 밖으로 나가도록 내버려두었단다. 달순이와 영수가 밖에 나서자, 밤하늘에는 쟁반같이 둥근 보름달이 두둥실 떠올라 온 누리를 환히 비추고 있었지.

늦가을의 차가운 밤바람은 어느새 숲속에 서리를 내리고 풀잎에 이슬을 뿌려두었단다. 휘영청 밝은 달빛 아래 달순이와 영수는 '걸음아 나 살려라' 하고 들판과 숲을 가로질러 강가에 있는 버드나무로 재빨리 뛰어가서는 죽을 힘을 다해 나무꼭대기까지 기어 올라갔지.

아기를 다 잡아먹은 호랑이는 화장실에 간다면서 나간 아이들이 돌아오기를 기다렸지만, 아무리 기다려도 아이들은 오지 않았던 게다. 성질 급한 호랑이는 아이들을 잡으려고 여기저기 사방을 찾아 다녔는데, 마침내 버드나무 꼭대기에 올라 있는 애들을 발견하고는, 어떻게 그 꼭대기에 올라갔냐고 물었지.

아이들은 '우리 집 부엌에 가서 기름병을 찾아서, 나무에 기름을 바르면 쉽게 올라 올 거야!'라고 말했고, 호랑이는 기름병을 갖고 와서, 나무줄기에 욕심 사납게 듬뿍 발랐단다. 그러자 나무는 반들반들 윤이 났지. 기름을 바른 뒤 호랑이가 나무를 올라가려 했지만, 미끄러워서 올라가다 떨어지고 또 떨어졌단다. 그래도 호랑이는 포기하지 않고 오르려고 안간 힘을 썼지. 미끄러져 떨어지고, 또 떨어지길 계속 반복했어.

영수는 멍청하게 구는 꼴이 하도 우스워 그만 웃음보를 터뜨리고 말았어. 그리고 조심성 없게도, '오! 바보 멍청이로군! 나무 위에 오르려면 사다리를 타면 되는데. 엄마는 감을 따기 위해 언제나 사다리를 썼는데!'라고 실토하고 말았단다.

호랑이는 그 말을 듣고 사다리를 가져와 쉽게 나무에 기어오르기 시작했어. 호랑이가 아이들 가까이 기어오르자, 겁에 질린 아이들은 두 손을 모아 하느님께 간절히 기도를 드렸단다.

'하느님! 만약에 하느님께서 가엾은 저희들을 사랑하
신다면, 튼튼한 동아줄로 묶은 바구니를 내려주셔서 살
려주세요! 아니면 썩은 동아줄로 엮은 바구니를 내려주
세요! 하느님, 제발 저희들을 구해주세요!'

그러자 하늘에서 바구니 하나가 내려왔어. 아이들은,
호랑이가 막 꼭대기에 오르기 직전, 가까스로 바구니를
타고 하늘로 올라갔단다. 아이들을 눈앞에서 놓쳐버린
호랑이는 화가 머리끝까지 치밀었지. 그리고는 거칠고
쉰 목소리로 아이들 흉내를 내, 하느님께 빌었단다.

'하느님, 만약에 저를 사랑하신다면 단단한 동앗줄로
묶인 바구니를 저에게 보내주십시오. 아니면 아무 것도
보내주지 말아 주십시오!'

그러자 아주 튼튼해 보이는 밧줄에 매달린 바구니 하
나가 하늘에서 내려왔고, 호랑이는 냉큼 바구니에 뛰어
올랐다. 그러나 밧줄은 썩은 동아줄이라, 무거운 호랑이
가 타자마자 얼마 못 올라가다가 턱 하니 끊어지고 말았
단다. 동아줄이 끊어지면서 호랑이는 허공에 내팽개쳐
지며 수수밭에 '퍽' 소리와 함께 떨어져버렸지. 불행히
도 호랑이는 수숫대에 몸이 찔린 채 피를 낭자하게 흘
리고 죽었어. 호랑이가 흘린 피로 수숫대는 시뻘겋게 물
들었지.

수숫대의 붉은색은 이때 호랑이가 흘린 피로 물들어 그렇게 된 것이란다."[•]

선초가 할아버지 댁에 온 지도 2년이 지났다. 그 사이, 그토록 인자하고 자상하던 할아버지가 세상을 떠나셨다. 할아버지의 부음 소식을 전해들은 친척과 친지들은 먼 길을 마다하지 않고 찾아와 고인의 명복을 빌었다. 문상객들의 발길은 몇 날 며칠이고 끊이지 않았으며, 누구 할 것 없이 뜨거운 눈물을 흘리며 애통해했다. 돌아가신 할아버지는 수놓은 비단 이불을 덮고 침대 위에 모셔졌다. 문상객들은 할아버지 옆에서 무릎을 꿇은 채 구슬프게 곡을 했다. 곡소리의 장단은 마치 슬픈 노래처럼 들려 왔다.

장례식과 발인, 매장, 헌물 예식 등은 자손들의 애달픈 곡소리와 함께 엄숙하고 장엄하게 치러졌다. 장례식이 끝나고 할아버지의 육신은 산소에 모시기에 앞서 일단 가묘에 매장했다.

[•] 이 콩트는 한국에서 어린 아이들을 잠들게 하기 위해 해주는 옛날이야기다. 주인공이 가지고 있는 물건 수량, 옷가지 수, 몸의 팔다리 등 사지 수량만큼의 호랑이를 만나게 된다.(프랑스에서는 어린이들을 잠재우기 위해 양떼의 숫자를 세게 하거나, 자장가를 불러주거나 책을 읽어주기도 한다. - 역주

가묘란 무엇인가? 한국의 장례 풍습에는 가묘라는 것이 있다. 죽은 사람에 대한 예의 법도가 엄격한 한국에서는 죽은 조상을 숭배하는 풍습이 오랜 전통으로 전해지고 있다. 집안의 어른, 특히 부모님이 돌아가시면 2~3일 지나 일단 가묘, 즉 임시 산소에 매장한다. 그런 뒤 산소 자리를 찾아 나선다.

처음에는 집에서 그리 멀지 않은 산에서 산소 자리를 찾는다. 그러나 돈이 많은 부자들은 먼 곳이라도 상관없이 명당자리를 찾아 전국 방방곡곡을 누빈다. 그리고 명당자리로 소문난 곳이면 누구의 산이건, 누구의 땅이건 가리지 않고 일단 점을 찍는다. 물론 땅 주인이 원하건 아니건 간에 풍수지리상 좋은 명당자리를 비밀리에 정해놓는 것이다.

명당자리를 찾기 위해서는 풍수지리가의 도움을 받는 것이 보통이다. 그다음 명당자리를 점찍으면, 날짜를 정한 뒤 매장에 익숙한 일꾼들을 구한다. 이때 되도록 입이 무거운 사람들을 일꾼으로 뽑는다. 그러면 일꾼들은 아주 은밀하게 산소 자리를 판 뒤 돌아가신 분을 재빠르게 매장한다. 왜냐하면, 주인의 허락을 받지 않은 남의 땅에 몰래 들어가 산소를 파야 하기 때문이다. 남의 눈을 피해야 하므로 운구와 매장은 대부분 깜깜한 밤중에 한다.

땅 주인 역시 이런 풍습을 익히 아는 터라, 항상 자기 땅에 남의 산소가 들어서지 못하도록 감시한다. 그러나 모르는 사이에 뜻밖의 산소가 들어선 것을 발견하더라도, 속에서는 분노가 치밀지만, 겉으로 나쁜 감정을 표시하지 않는다. 한국에서는 죽은 이에 대한 예의가 성스럽고 불가침해, 주인은 이내 화를 풀고 겸허히 그 산소를 인정하고 만다.

땅 주인은 남의 땅에 몰래 산소를 낸 사람들이 나타나기만을 기다릴 뿐이다. 그러면 얼마 있다가 산소에 모신 이의 후손들이 땅 주인을 찾아와 용서를 구하고 허락해주기를 간청한다. 이때 후손들은 그 대가로 선물을 가져오거나 큰돈을 건네기도 한다. 그렇게 해서 땅 주인의 허락이 떨어지면, 땅 주인과 산소를 낸 두 집안은 마치 한집안처럼 가깝게 지낸다. 그 우의는 대대로 이어지기도 한다.

후손들은 산소 일대를 아름답게 꾸미는 데 정성을 다한다. 부잣집들은 산소 앞에 돌로 만든 멋있는 비석도 세우고, 잘생긴 나무들을 심어 묘소 주변을 곱게 단장한다. 한국인들이 먼저 세상을 떠난 조상을 숭배하는 풍습은 이렇게 이어져왔다.

하루는 선초의 어머니가 할머니 댁에 왔다. 할머니는 어머니와 선초를 데리고 통도사라는 절로 여행을 갔다. 통도사는 할머니 댁에서 서쪽으로 80리 떨어진 깊은 산속에 있다. 먼 길을 떠나야 하므로 이들은 새벽에 마차를 타고 길을 떠났다. 여행길에 나선 일행은 할머니, 어머니, 선생님, 삼촌, 선초 등에 마부까지 여섯 명이었다. 마차는 드넓은 벌판을 가로질러 산기슭에 난 길을 따라 한 시간여 동안 달렸다. 마차는 산등성이를 힘들게 오르기도 했다. 꼬불꼬불 난 산길 옆으로는 깎아지른 절벽 아래 계곡이 강물처럼 길게 흐르고 있었다.

계곡과 등성이 사이에는 울긋불긋한 낙엽들이 비단 옷처럼 덮여 있었다. 더 깊은 산속으로 들어가자, 족히 수백 년은 되어 보이는 커다란 소나무들이 빽빽이 들어차 있었다. 청량하다 못해 푸르스름한 새벽 공기를 품어내는 숲의 정경은 상서롭기까지 했다. 햇볕이 찬란히 빛나는 아침에 마차를 타고 숲속을 달리는 기분은 상쾌했다. 산속의 맑고 시원한 공기를 마시니 선초는 온 몸이 절로 가벼워지는 듯했다.

어느덧 마차가 산중턱을 넘어 가파른 벼랑위에 다다랐다. 그러자 눈앞에 웅장하고 늠름한 산세가 펼쳐졌다. 그것은 정녕 자연이 빚어낸 신비로움의 극치였다. 그리고 저 멀리 산자락 밑에 고즈넉이 자리 잡고 있는 사찰이 눈에 들어왔다. 사찰의 건물만도 수십 채가 넘어 보였다. 그 건물들이 고향 영산의 시골 마을은 물론 아버지가 살고 있는 도시에서도 본 적이 없을 만큼 크고 우람해서, 선초는 두 눈이 휘둥그레졌다. 그중에도 청회색 기와지붕에 빨간색의 원통형 기둥이 받치고 있는 커다란 건물은 한 폭의 그림같이 아름다운 자태를 뽐내고 있었다. 일행들은 사찰 법당의 대단한 위엄에 절로 감탄의 탄성을 질렀다.

여기가 그 유명한 통도사다.

이 절의 건물은 아주 오래된 것들이다. 대부분이 500년 전 첩첩산중 깊은 산속에 지어진 것들이다. 수십 채가 넘는 건물마다 기둥과 대들보는 원목을 그대로 살린 원통형으로 그 지름만도 1미터가 넘었다. 이 절은 한국에서 가장 큰 절이다. 그 규모가 웬만한 마을보다도 크고 넓었다. 절을 둘러싸고 있는 터까지 합치면 그 넓이가 큰 도시 규모 정도는 되어 보였다. 승려들은 머리를 빡빡 깎는다. 그래서 속된 말로 '까까중'이라 부르기도 한다.

승려들은 입고 있는 법복이 제각기 다르다. 법복의 모양은 곧 승려들의 계급을 말해준다. 그러나 승려들의 계급이라는 것은 속세에서 말하는 권력의 계급이 아니라, 불도를 깨우친 정도에 따라 정해진다.

불교에는 사찰을 운영하기 위해 노스님들을 중심으로 종단을 구성하고, 가장 원로 승려가 주지스님을 맡는다. 승려들의 세계에서는 불덕이 깊고 나이든 스님들을 공경하고 예우하지만, 그 외에는 모두 평등하고 형제들처럼 생활한다. 승려들의 생활은 철저하게 집단 공동체의 규범을 지키는 가운데 이뤄진다. 그래서 절에서는 일체의 사심을 버린 채, 모든 일들을 공정하게 처리한다. 승려 각자는 공동체를 위해 일하고, 공동체는 승려 각자를 위한 생활 규범을 정한다.

승려들은 크게 두 부류로 구분된다. 즉, 자연을 벗 삼아 수행에 전념하는 도승(이판승 또는 학승이나 선승-역주)과 속세적인 속승(사판승 또는 탁발승-역주)이 있다. 도승은 불교 이론을 연구하고 도를 닦을 뿐이다. 속승은 땅을 경작하고 수확해서 절 식구들을 먹여 살리며 절 공동체의 살림을 꾸려나간다. 때문에 속승은 먹고 남는 곡물이나 과일 등을 시장에 내다 팔거나 필요한 생필품을 사온다. 어떤 때는 전국을 돌아다니며 보시를 간청하며 부처님의 말씀을 전도하기도 한다.

도승 역시 필요할 때는 도시에 나가기도 한다. 옛날에

는 국왕이나 대신들이 선승을 초빙해 국가의 중대한 일을 의논하고 자문을 얻었다. 그리고 국가 행사를 주관할 때도 있었다. 왕의 부름을 받은 도승은 화려한 복장이 아니라 일상적인 간편한 옷차림을 한 채 길을 나선다.

일행이 절 입구에 당도한 것은 오전 11시가 다 되어서였다. 마부가 먼저 절에 들어가 선초의 가족들이 도착했음을 알리고, 점심 준비를 부탁했다. 일행들은 입구에서 통도사의 본전인 대웅전까지 꽤 먼 길을 걸어갔다. 좁은 산길에는 수북하게 쌓인 낙엽이 바람에 뒹굴고 있었다. 선초가 맨 앞에 서고, 삼촌과 선생이 그 뒤를 따르고, 맨 뒤에서 할머니와 엄마가 걸었다. 숲길 사이로는 이름도 모를 온갖 새들이 일행을 반기듯 재잘대며, 놀란 꿩들이 커다랗게 '꿩, 꿩—' 소리를 지르며 푸드득 날아가는데, 울음소리가 산골짜기에 메아리치며 울려 퍼졌다. 날짐승에 질 새랴 산토끼들은 사람들을 무서워하지 않는 듯 뛰어 다녔다. 오히려 숲길을 맘대로 휘젓고 다녀 일행의 걸음을 방해할 정도였다.

불교에서는 살생을 절대 금한다. 절대로 목숨 붙은 생물들을 죽여서는 안 된다. 하찮은 미물이라 해도 마찬가지다. 심지어 해충인 모기조차 죽이는 것을 허용하지 않는다. 생물을 귀히 여겨 보호하는 것을 법도로 삼고 있다. 짐승들이 노닐던 수풀 길을 지나니, 산등성 너머에 커다란 바위들이 어우러진 틈새로 폭포가 요란한 소리와 함께 흘렀다. 힘차게 쏟아지는 폭포가 그야말로 장쾌했다.

오묘한 대자연의 조화에 넋을 잃은 일행은 마치 부처님 앞에 나가 묵상하듯이 조용히 걸었다. 울퉁불퉁한 좁은 길을 따라 한참 올라가니 산 정상에 이르렀다. 저 멀리 산봉우리와 산봉우리로 이어지는 지평선이 아련하고, 가까이는 빨갛게 불타는 단풍으로 치장한 산들이 겹치며 원근이 어울린 대자연의 풍광은 경이로운 파노라마 그 자체였다. 산 밑으로 펼쳐진 드넓은 평야에는 막 수확하고 타작한 볏가리 짚단들이 얼룩덜룩한 점으로 채색되면서 장엄한 장관을 이루었다(밀레의 보리타작 짚단 그림을 연상케 한다-역주).

산과 평야의 틈새를 좀 더 자세히 들여다보니, 조그만 계곡을 타고 시냇물이 흐르고 있었다. 시냇물 옆으로는 초가집, 타작하는 농민, 밥을 짓는 여인, 돼지우리, 모이를 쪼는 닭, 꼬리를 흔들며 널뛰는 강아지, 나뭇가지 사이를 날아다니는 새들이 보였다. 산골 마을의 목가적인 정경도 눈에 들어왔다. 늦가을 통도사에 오르는 길의 풍광은 비단결 같았다. 바위 틈새에는 샘물이 졸졸 흐르고 세월의 힘에 뚫린 구멍 사이로 맑은 물방울이 톡톡 떨어졌다. 샘터 주변에는 새파란 이끼가 샘물의 반사를 받아 반짝이는 모습이 흡사 다이아몬드로 착각할 만큼 영롱했다. 이 샘물에 온 세상의 새들이 와서 목을 적시고, 맑은 물소리에 맞추어 지저귀며 노래하는 듯했다. 날개 달린 새들의 세계는 편안하고 부드러우며 시처럼 아름다웠다. 일행은 걸음을 멈춘 채 자연의 경이로움에 한동안 넋을 놓고 바라보았다. 감성이 풍부한 선초의 어머니는 탄성을 지르며 말했다.

"어머니, 이 아름다운 자연의 풍광은 인간의 말로는 다 표현할 수 없을 것 같습니다."

"아가야, 너무 과장하지 말아라. 이 정도는 그렇게 대단한 것도 아니다. 어찌 금강산에 비하겠느냐! 금강산은 한국만이 아니라, 세계에서도 제일가는 절경이다. 금강산을 보지 않고는 아름다운 것을 보았다고 말할 수 없다는 말도 있지. 금강산이란 이름은 다이아몬드 산이라는 뜻이란다. 한국에서 통도사 풍광보다 더 아름다운 곳은 너무 많아서 일일이 다 헤아릴 수 없을 정도지."

그때 장중하고 묵직한 통도사의 종소리가 계곡을 타고 드넓은 평원까지 울려 퍼졌다.

"이제 내려가자꾸나. 절에서 스님들이 점심을 준비해

났을 게다."

할머니가 길을 재촉했다. 점심식사라는 말에 모두들 입에 군침이 돌며 만면에 기쁜 기색이 돌았다. 이른 새벽에 떠나는 바람에 아침도 제대로 못했지만, 아름다운 풍광에 정신이 팔려 배고픈 것도 잊고 있던 터였다. 일행이 총총 걸음으로 내려가자, 마침 마부가 부르러 오는 중이었다.

"식사 준비를 다 해놨습니다. 날씨가 청명하니 평상에서 식사하시도록 일러 놓았습니다."

점심식사는 샘터 옆 넓은 평상 위에 차려졌다. 이곳에서의 음식 역시 각각 소반으로 된 독상이었다. 다만 그릇과 수저가 놋이 아니라 나무로 정성스레 만들어진 것이었다. 밥상 앞에 앉자 승려복을 잘 차려 입은 노승 두 분이 합장을 하고는 일행들에게 반가이 인사를 건넸다. 할아버지는 생전에 이 절에 시주를 많이 하셨다고 한다. 그런데 그 가족들이 찾아와주니 고맙고 영광스럽다고 했다. 두 스님은 불교식으로 다리를 꼿꼿이 세우고 가슴에 두 손을 합장한 채 허리를 크게 굽혀 예를 갖추었다. 그리고 나서 무슨 말인지는 모르지만 조용히 입속으로 중얼거린 뒤 천천히 되돌아 걸어갔다.

사찰 경내는 법당에서 피운 향으로 그윽한 정취를 더

하고 있었다. 밥상에는 구수하게 잘 익은 밥 냄새와 향긋한 산나물 무침이 있어 입맛을 절로 자극했다. 배가 고프던 차라 꿀맛이 따로 없었다. 선초는 밥상에 고기나 생선이 어디에 있을까 궁금했다. 음식 모두가 독특한 향을 지니며 맛있다는 것만 느낄 뿐 무슨 고기인지 알 수 없었다. 선초는 궁금한 나머지, 할머니에게 물었다.

"이거 정말 맛있는데, 무슨 고기예요?"

"쯧쯧, 철딱서니 없는 소리하지 말거라! 절에서는 절대로 고기나 생선을 먹지 않는단다. 지금 우리가 먹는 반찬은 모두 채소나 열매로 만든 것이지. 이것은 버섯이고, 저것은 말린 호박가지 나물이고. 네가 방금 먹은 것은 콩으로 만들었단다. 모든 음식은 과일, 열매, 향내 나는 식물이나 이파리, 또는 꽃, 나뭇잎 즙으로 만들었지. 그리고 우리 나라에서 가장 맛있는 떡과 한과는 모두 절에서 만든 것이란다."

할머니는 선초를 연신 쓰다듬으며 말을 계속했다.

"스님들은 술도 일체 마시지 않지. 대신, 꿀과 약초를 섞어 우려낸 달콤하고 향기로운 차를 마신단다. 절에서 만든 차는 자연에서 얻어진 재료를 사용해 특히 약효가 뛰어나서 의사들도 절에서 만든 차를 많이 마시라고 권하지."

선초는 할머니의 말씀 하나 하나가 처음 듣는 것들이라, 그저 신기할 뿐이었다. 절의 음식과 차가 그렇게 맛있고 몸에 좋은지를 그제야 알게 되었다.

식사를 마친 뒤 일행은 사찰 안의 여러 군데를 돌아봤다. 먼저 사찰의 중앙에 위치한 대웅전으로 갔다. 겉으로 보기에도 대웅전은 크고 장대했다. 스무 길도 넘는 높은 지붕에는 널따랗게 기와가 덮여 있고, 나무로 세운 기둥마다 불교 경전이 세심하게 새겨져 있었다. 할머니를 따라 신발을 벗고 법당 안으로 들어가니, 운동장만큼이나 되는 듯했다. 높고 커다란 법당 안은 어두컴컴했으나, 티끌 하나 없을 만큼 깨끗하고 정갈했다. 바닥에 깔린 노란색 마루는 얼마나 닦았는지 반들반들 윤이 났다. 정문 맞은편에는 벽을 등지고 12개의 황금색 불상이 받침대 위에 가부좌를 튼 채 앉아 있었다. 불상들의 크기도 어마어마했다. 가슴 넓이만도 2미터 50센티는 족히 됐으며, 황금색으로 칠해진 옷 틈 사이로 가슴 속살이 보였다.

불상의 모양도 각양각색이었다. 어느 불상은 자개로 장식한 왕관을 쓰고, 가슴에 손을 모으고 합장을 하고 있었다. 어떤 불상은 머리를 빡빡 깎은 채 손에 지팡이를 들고 있는가 하면, 다른 불상은 동그란 모자를 쓰고 두 손을 올려놓고, 손가락으로 60갑을 헤아리는 자세를 하고 있었다(1갑은 옛날 달력에 따르면, 1년을 의미한다. 60갑은 각자가 이름과 신성을 의미하며 1세기를 의미한다). 서로 다른 불상들의 의미를 알 수는 없었지만, 모두 온후하고 자비로운 모습임에는 틀림없었다. 법당의 불상 앞에서는 몇몇 스님들이 앉아 불경을 암송하고 있었다. 할머니를 따라 선초와 일행들이 법당에 들어서자, 스님들은 자리에서 일어나 합장한 채 머리를 숙여 인사했다. 선초의 일행도 부처님 앞에서 절을 드리고 대웅전을 나왔다.

사찰의 법당은 크기와 모양도 제각기 달랐다. 어느 곳은 세 개의 방이 있었는데, 왼쪽의 두 방에는 크기가 1미터가량 되는 작은 불상이 있었고, 오른쪽 방에는 유리곽 안에 20센티 정도의 황금 불상을 모셔놓기도 했다. 그리고 세 방에서는 모두 스님들이 앉아 불경 공부에 열중하고 있었다. 경내가 워낙 넓어 건물들을 일일이 다 볼 수는 없었다. 그래서 건물들의 겉모습을 보는 것으로 법당 구경을 마치고 마당으로 나왔다. 모래로 잘 다져진 넓은 마당에는 여기저기에 석불과 석탑, 목탑이 늘어서 있었다. 그 모양이 저마다 달랐으나, 하나하나가 모두 예술품을 보는 듯했다. 마당을 지나 끝자락으로 가니 여승들이 사는 조그만 법당이 나왔다. 그곳에는 10여 명의 나이든 여승들이 살았다. 이들은 옅은 회색빛의 통바지를 입고, 그 위에 법복을 걸쳤다. 머리를 깎은 맨머리 위에는 종이로 만든 고깔모자를 쓰고 짚신을 신었다.

한 여승은 마당에서 염불을 외며 산책을 했고, 또 다른 여승은 부처님 앞에 무릎을 꿇고 앉아 열심히 염불을 드리고 있었다. 절에서는 남녀 모든 승려들이 누구나 평등했고, 평등은 곧 불교의 섭리이다. 노 여승 한분이 떡과 과일을 대접하겠다고 해서 부처님 앞에 자리를 잡고 앉았다. 노 여승은 형형색색 예쁘게 빚은 떡과 한과를 부처님 앞에 바치더니, 부처님께 엎드려 절을 드리라고 했다. 간단히 예불을 마친 뒤 노 여승은 우리에게 떡과 한과를 내놓았다. 일행은 각자 마음에 드는 것들을 골라 먹었다. 떡과 한과는 상긋한 향내와 함께 오묘한 맛을 담고 있었다.

그러는 사이 해질 무렵이 됐다. 저녁을 알리는 종소리가 여운을 길게 드리우며, 깊은 산중에 울려 퍼졌다. 종소리를 신호로, 번민을 벗어내려는 스님들의 염불 소리가 노래 장단처럼 들려왔다.

일행은 오늘 밤 이곳에서 묵기로 했다. 저녁 식사를 마친 일행은 정해진 숙소, 즉 삼촌과 선생, 마부는 남자 스님들이 거처하는 곳에서, 선초와 할머니, 어머니는 여승들이 거처하는 곳에서 잠을 자기로 했다. 일행은 각자 이불 보따리 하나씩을 받아 방바닥에 나란히 깔고 잠을 청했다.

승려들의 일과는 꼭두새벽에 시작된다. 새벽 4시 정각, 승려들은 잠에서 일어나 새벽 예불을 드린다. 선초는 더 자려 했지만, 산에 울려 퍼지는 종소리와 합창처럼 들려오는 스님들의 염불 소리 때문에 일어나지 않을 수 없었다. 늦가을 깊은 산골짝의 새벽 공기는 오싹할 정도로 쌀쌀했다. 그래서 일행은 햇빛이 드는 늦은 아침에 떠나기로 했다.

할머니는 떠나기에 앞서 스님들에게 보시를 했다. 스님들은 한사코 돈을 받지 않겠다고 사양했다. 스님들은 선초에게 절의 특산품인 맛있는 한과와 떡을 듬뿍 선물했다.

전통혼례

어느 날 선초의 부모가 시골 영산에 왔다. 대구에 있는 사촌누이의 결혼식에 선초를 데려가기 위해 온 것이다. 선초는 사촌누이의 얼굴을 본 적이 없었지만, 부모님과 함께 기차를 타고 여행한다는 사실이 그저 기뻤다.

아침 9시 무렵 부모님은 선초를 데리고 부산역을 출발해 300리 길을 달려 대구역에 도착했다. 기차역에는 삼촌을 비롯해 친척들이 마중 나와 있었다. 선초는 멀리 떨어져 살았으므로 삼촌·숙모들을 어렴풋이 기억할 뿐이다. 이들은 역에서 인력거를 타고 삼촌댁으로 갔다. 세 채의 기와집으로 된 꽤 큰 집이었다. 세 채의 건물 앞에는 각기 넓은 마당이 딸려 있었다. 마당에는 벌써 잔치 준비가 한창이었다. 사람들은 바쁘게 일하면서도, 저마다 흥에 겨운 듯 즐거워 보였다.

선초는 삼촌댁에서 처음으로 사촌누이를 봤다. 선초보다 다섯 살 위의 17세 예비 신부인 사촌누이는 새까만 머리를 등 뒤까지 길러 하나로 따 내렸다. 선초는 어렸지만, 며칠 후면 사촌누이의 댕기머리가 목덜미 위로 쪽을 찌리라는 것쯤은 알고 있었다. 한국의 풍습에, 쪽을 찐다는 것은 결혼한 아녀자라는 것을 알리는 표시였다. 엄마는 결혼을 앞둔 사촌누이에게 덕담을 하면서 말을 건넸다.

"정혼자를 잘 알고 있니? 인물 좋고 인품도 훌륭한 신랑감인데 우리는 그 청년을 잘 알고 있단다. 그의 부모님과는 오래 전부터 가족같이 가깝게 지내는 사이야."

사촌누이는 그저 부끄러워 귀 끝이 새빨개지면서 고개를 숙인 채 듣고 있었다.

"만나보면 알겠지만, 아주 잘생기고 똑똑한 청년이란다. 그 청년이 예전에 신붓감인 너에 대해 키가 큰지, 얼굴이 예쁜지 물어본 적이 있었지."

여러분은 이 이야기를 읽으면서 깜짝 놀랄지도 모른다.

"만나본 적도 없고 심지어 얼굴도 모르는 사람과 어떻게 결혼을 하는가?"

한국에서는 결혼 적령기의 아들을 둔 부모들이 아들과 궁합이 맞는 처녀를 찾아 나선다. 이때 우선하는 혼인의 기준은 사람보다 집안이다. 즉 가문이 좋은가, 자기 집안과 비교해 떨어지지는 않는가, 또 그 집안에 대한 주위의 평판이 어떤가 등을 알아본다. 그러고 나서 조건이 맞는다고 판단되면 여성의 집에 청혼을 넣는다.

그러면 청혼을 받은 신부의 부모 역시 상대의 집안을 알아보고, 좋은 날을 잡아 방문을 허락한다. 신랑 집에서 신부를 만나러 갈 때는 부인들이 나선다. 부인들은 신부의 집을 방문해 신붓감을 선보게 된다. 그 다음 신랑 부모가 신부의 집에 정식으로 청혼을 하면, 이번에는 신부의 부모가 신랑집을 찾아와 신랑감을 선본다. 이렇게 해서 양가의 부모가 자녀들의 결혼에 합의하면, 결혼이 결정된다.

그 절차를 거친 다음 부모가 자녀들에게 의견을 물어보는 데, 사실은 부모들이 결정한 혼사를 자녀들에게 통보한다는 것이 더 정확한 표현이다. 이처럼 한국에서는 오래전부터 자녀의 결혼을 부모가 결정하는 전통이 있었다. 결혼에 앞서 신부의 집에서 약혼식을 치르는데, 이는 신부와 신랑 두 사람의 결혼을 공식적으로 공표하는 절차이다. 양가집에서 결혼을 약속하는 예식인 것이다.

신부의 집에서는 먼저, 혼숫감이 든 함을 지고 찾아오는 신랑감을 맞아들일 준비를 한다. 그다음 예식에 따라

상견례를 나눈 후 증인이 배석한 가운데 혼인단자를 교환한다. 이때 사주단자도 교환하는데, 이로서 결혼은 정혼이 된다. 그다음 함을 지고 온 사람들이 함속에 든 선물을 전달한다. 함속에는 대개 비단·보석·장신구·도자기 등 값진 패물들이 들어 있다. 진귀한 패물들은 결혼을 축복하기 위한 정성을 담고 있다. 마지막으로 결혼식 날짜를 정하고, 결혼식 절차를 의논해 결정한다. 그런데 정작 결혼 당사자인 신부는 자신의 결혼에 대해 아는 것이 전혀 없다. 여성들은 몹시 수줍어 사람들이 결혼에 대해 말하려면 부끄러워 할 뿐이다.

선초와 부모는 삼촌댁에 도착한 뒤 손님방에서 짐을 풀었다. 선초의 엄마는 바느질 등 결혼 준비에 필요한 일을 자청했으나, 친척 아주머니들이 일하는 사람들이 많으니 괜찮다면서 한사코 말렸다. 멀리서 찾아 온 어머니에 대한 따뜻한 배려에서였다.

"편안히 쉬고 계세요. 신부 옷가지들은 거의 다 준비됐고, 내일 이면 모든 준비를 다 끝낼 수 있을 만큼 일하는 사람이 충분히 많아요."

선초의 아버지는 삼촌과 함께 시내를 한 바퀴 돌아보겠다면서 외출을 준비했다. 선초에게도 얌전히 굴면 함께 데리고 가겠다고 해서, 선초도 따라 나섰다.

반백의 머리에 몸이 뚱뚱하고 배가 불룩 나온 삼촌은 아주 서글서글하고 재미있는 분이었다.

"몇 살이니? 글자는 깨쳤냐?"

"네, 물론이지요! 열두 살입니다."

"아, 그래! 그럼 우리 집안의 족보도 알 나이가 됐구나!"

삼촌은 서가에서 표지가 누렇게 바랜 두툼한 책 한 권을 꺼내왔다. 바로 족보였다. 족보에는 집안의 혈통과 조상들의 삶이 기록되어 있다.

삼촌은 집안의 종손이라서 집안의 족보를 가지고 있었다. 이 책에는 제목이 붙어 있지 않았지만, 각 장마다 쪽수가 표시되어 있었다.

선초는 어려서부터 책 읽는 것을 좋아해서 선생에게 언제나 칭찬을 받는 총명한 아이였다. 선초는 삼촌이 건네준 책을 서재 한구석에서 열심히 읽었다. 족보의 첫쪽에는 박씨 가문에 대한 내력이 쓰여 있었다. 그다음쪽에는 실로 범상치 않은 이야기를 담고 있었다.

***

옛날에 한 유명한 시인이 청명한 가을 한낮에 산책을

하고 있었다. 이 시인은 가을을 사랑했다. 그날도 시상을 떠올릴 겸 산책에 나선 것이다. 단풍으로 형형색색 물든 산골짜기는 그를 아름다운 환상 속으로 이끌기에 충분하고도 넘쳤다.

하늘은 푸르기 그지없고, 산들바람이 몸을 간질였다. 떨어진 낙엽이 시냇가를 감추고, 그 밑으로 시냇물이 졸졸 흐르는 소리, 보이지는 않지만 골짜기를 노래하듯 지저귀는 산새 소리가 들려온다. 그는 자연이 베푼 가을의 향연 속에서 황홀해졌다. 오묘하고 신비한 풍광에 그는 거부할 수 없으리만치 부드러운 꿈의 세계로 이끌리면서 환희에 찬 희열을 만끽했다. 그는 커다란 나무 그늘에 앉아 있었는데, 마법에 걸린 사람처럼 넋을 잃고 있었다.

그때 상처를 입고 피가 낭자한 사슴 한 마리가 불쑥 나타났다. 사슴은 수풀에 몸을 숨기려 애를 썼지만, 안타깝게도 몸을 감추기에는 수풀이 턱없이 모자랐다. 시인은 그 모습을 보고, 풀 더미를 모아 죽은 척하고 있는 불쌍한 사슴 위에 덮어주었다. 얼마 지나지 않아, 두 명의 포수가 뛰어왔다. 포수는 시인에게 혹시 다친 사슴이 지나가는 것을 보지 못했냐고 물었다.

"화가 잔뜩 난 사슴 한 마리가 저쪽으로 죽기 살기로

달려가는 것을 보았소."

시인은 엉뚱한 방향을 가리키며 대답했다. 포수들은 고맙다는 말도 없이 황급히 시인이 가리킨 방향으로 달려갔다. 포수들이 사라지자, 사슴은 몸을 숨기고 있던 곳에서 일어나, 그에게 감사를 전하는 듯한 눈빛으로 한참 쳐다보더니 절뚝거리며 산속으로 걸어갔다. 어느덧 해가 지고 산골짜기에는 바람이 쌀쌀해지면서 한기가 느껴졌다. 이상한 일이 다 있다면서, 그는 집으로 돌아왔다.

이튿날 아침 시인은 평소처럼 새벽녘 잠에서 깼다. 무언가 깊은 생각에 잠겨 있는 그를 보고, 부인이 무슨 일이냐고 물었다. 그는 부인에게 어제 상처를 입고 포수에게 쫓기던 사슴 이야기를 한 후, 새벽녘에 꾼 이상한 꿈을 말했다.

"꿈에서 어떤 노인이 나타나 나에게, 사랑하는 아들을 구해줘 고맙다면서 정중하게 엎드려 절을 하는 거요. 그러면서 나의 후손들이 번창하고 영예롭게 살 수 있도록 돕겠다고 했지. 자신에게 베푼 은덕에 감사의 뜻으로 그렇게 한다는 것이오."

꿈 이야기를 하던 시인은 잠시 탄식하더니 말했다.

"꿈일망정 그런 이야기를 들으니 좋구려. 여보! 우리

박씨 집안은 4대째 독자로 이어지는 손이 매우 귀한 집 안이오. 우리 대에 와서도 오로지 신이 점지해준 독자를 얻을 뿐, 또 다른 자손을 얻을 수 있는 희망이 없지 않소."

그때 누군가 문을 두드렸다. 방문이 열리고, 사랑하는 아들이 새벽부터 공부한 것들을 보이려 들어왔다. 이 아들이 바로 손이 귀한 이 집안의 유일한 독자였다. 아들은 언뜻 봐도 건강하고 수려한 외모를 지녔다. 맑은 미소를 띤 두 눈은 별처럼 영롱히 빛났고, 아버지를 닮아 두뇌가 영민해 착한데다가 지혜롭기까지 했다. 그런 아들을 보면서 부모는 이야기를 나누었다.

"우리 아들 참 잘도 생겼구나!"

"장가보낼 때가 된 것 같네요. 이제 슬슬 혼인 준비를 해야지요."

"좋은 곳에 잘 보내야 될 텐데…."

하나뿐인 아들의 혼사 문제는 집안의 대사 중의 대사였다.

"한양 양반 댁에서 온 청혼을 어떻게 하실 건지요?"

남편이 잠자코 있자, 부인이 다시 물었다.

"처자가 복스럽고 예쁘다고 하던데, 관심이 없으세요?"

"알고 있지요."

"그러신데 왜 그 양반 댁에 답장을 안 하시는지요?"

"물론 그 처자는 모든 걸 갖춘 며느릿감이지만, 단 한 가지, 무남독녀라는 사실이 마음에 걸리오."

"무슨 말씀이세요? 모든 것이 천지신명의 뜻에 달린 것 아니겠어요? 두 사람이 모두 완벽한 조건을 갖추면 얼마나 좋겠어요? 그러나 어려운 일이지요. 하늘의 섭리에 따라 잘 되겠지요."

부인의 말처럼 시인의 심정도 이 혼사가 성사되길 진정 바라고 있었다. 그러나 무남독녀라는 사실이 왠지 마음에 걸렸던 것이다. 그런데 부인이 간청하는 말을 들으며, 시인도 그 집과 혼사를 하기로 마음을 굳혔다. 부부는 한양의 양반 댁에 청혼을 받아들이겠다는 답장을 보내기로 했다. 양가의 혼인 준비는 일사천리로 진행되었다. 부모들이 합의하여 혼인 날짜를 정하고, 성대한 혼인식을 치르기 위해 정성껏 모든 준비를 마쳤다.

드디어 결혼 날이 됐다. 풍습대로 신랑감은 신부 집에서 첫날밤을 보냈다. 신랑 신부의 첫날밤을 훔쳐보는 일은 사람들이 결혼식에서 가장 재미있어 하는 볼거리였다. 결혼을 축하하고픈 마음에서 우러나는 흥이기도 했다. 첫날 밤, 신혼부부는 잘 꾸며진 신혼 방에서 마주하고 앉았다. 이제 어두운 신혼 방에는 신랑과 신부만이 있을 뿐이었다.

그런데 어쩐지 신부가 몸이 불편한 듯했다. 처음엔 혼례를 치르느라 피곤한 줄 여긴 신랑이 편히 쉬라고 권했으나, 신부는 점점 더 통증을 호소하며 괴로워하는 것 아닌가! 그리고 아주 해괴한 일이 일어났다. 의식을 잃을 정도로 고통스러워하던 신부가 갓난아기를 낳고 만 것이었다.

신혼 첫날밤에 신부가 아이를 낳다니!

세상 천지에 도저히 있을 수 없는 황당한 일이 벌어지자, 신랑은 말할 수 없는 충격에 휩싸였다. 그러나 신랑은 이내 냉정을 되찾고, 침착하면서도 조용히 아이를 받고, 산모의 뒤처리를 감쪽같이 마무리했다. 바깥에 있는 사람들은 방안에서 무슨 일이 일어나는지도 모를 정도였다.

신랑은 혼절에서 깨어난 신부에게 말했다.

"부인, 오늘 이후 우리 부부는 천생연분으로 영원한 가약을 맺었소. 오늘부터 부인이 겪어야 하는 불명예스런 일들은 곧 나의 몫이나 마찬가지요. 명심하시오! 이제 나를 믿고 내가 하는 대로 잘 따르시오."

그리고 아무도 몰래 하인을 깨웠다.

"여보게, 내가 방금 이상한 꿈을 꾸었는데, 우리 집에 큰 화근이 닥칠 거라고 하니 이대로 여기에 있을 수가 없네. 서둘러 집에 가서 부모님께서 화를 당하시지 않게 해야겠네. 꿈을 그대로 믿는 것은 아니나, 불길한 마음 때문에 도저히 있을 수가 없네. 그러니 자는 사람들이 깨지 않게 조용히 말을 대령하게. 동이 트기 전까지 다시 돌아와야 하니 서두르게!"

하인에게 이르고, 신랑은 다시 신혼 방으로 들어왔다. 신부를 안심시킨 뒤 신랑은 갓 태어난 아기를 비단 천으로 곱게 감싼 뒤 자신의 품에 안았다. 신랑은 방을 나서면서 신부에게 다시 말했다.

"부인! 새벽 동이 트기 전에 돌아오겠소. 아무 걱정하지 말고 내가 올 때 까지 기다리시오."

신랑과 하인은 밤길을 헤치며 집을 향해 말을 달렸다. 조그만 나무다리를 건널 때였다. 신랑이 소변이 급하다며 다리 밑에 말을 멈추라고 일렀다. 그런데 다리 밑에 내려간 신랑이 갑자기 소리를 지르는 것 아닌가!

"횃불을 가져오라! 다리 밑에 뭔가가 있구나!"

하인이 재빨리 횃불을 들고 다리 밑으로 가니, 거기에는 비단 천에 곱게 감싸인 갓난아이가 있었다.

"천지신명께서 이 어린 것을 구하라고 나에게 보내신 게 틀림없다! 빨리 길을 재촉해서 집으로 가자."

신랑이 집에 도착했을 때는 한 밤중이었다. 깊은 잠에서 깬 신랑의 부모는, 처가에서 첫날밤을 보내고 있을 아들이 깊은 밤중에 집으로 돌아온 것도 그렇지만, 갓난아기를 품에 안고 들어오자 경악을 금치 못했다. 신랑은 부모에게 꿈 이야기를 하고 걱정이 돼서 왔다는 말과 함께 갓난아기를 다리 밑에 주워온 정황도 자세히 설명했다.

"천지신명께서 내리신 운명이라 여겨집니다. 아버님, 어머님, 신명의 뜻에 따라 이 아기를 받아들이기로 하시지요!"

"물론이고 말고. 복덩이가 들어왔구나! 이 아기를 정성껏 키울 테니 너는 어서 부인에게 돌아가거라."

신랑은 말을 되돌려 새벽 동이 어스름할 무렵 신부의 집에 도착했다. 신랑이 오기까지, 신부는 극도의 불안과 공포에 떨며 지쳐 있었다. 그리고 아침이 밝았다. 신혼부부는 지난밤에 아무 일도 없었다는 듯이 행복한 모습으로 사람들에게 나타났다. 사람들은 그런 신랑 신부를 대하면서, 참으로 금실이 좋은 부부라며 기뻐했다.

간밤의 일은 신랑이 쥐도 새도 모르게 처리해 주변 누구도 눈치를 채지 못하고 넘어갔다. 두 사람은 어느 부부보다도 금실이 좋아 원만하고 행복한 가정을 꾸려나갔다. 이들 부부는 결혼 첫날 아기를 낳았던 일조차도 까맣게 잊고 살았다. 이들이 결혼한 지도 20년이 훌쩍 지났다. 그 사이 아버지와 어머니도 늙고 병들어 세상을 떠났다. 장미꽃처럼 화사하던 부부도 아들·딸을 낳아 부모가 되었고, 머리에는 희끗희끗 흰머리가 생겨났다.

그러던 어느 날 집안의 젊은이가 주인에게 답답한 마음을 하소연했다.

"어르신! 제가 하늘에서 떨어진 아이가 아닐지언정, 저에게도 분명 저를 낳아준 부모가 있을 줄 압니다. 어르신께서 제 부모를 모르신다면 최소한 저를 언제 어떻게 주워오셨는지 말씀해주십시오!"

그 말을 듣는 순간 주인은 갑자기 침통한 표정을 지으며 얼굴을 찡그렸다. 한참동안 생각에 잠겨 있던 주인의 모습에는 뭔가 끓어오르는 분노를 억지로 참으려는 기색이 역력했다.

"… 곧 진실을 알게 될 것이다."

주인은 부인이 뜨개질을 하고 있는 안방으로 들어갔다.

"부인, 할 말이 있소. 우리 부부는 이제껏 동고동락하면서 잘 살아왔지. 그러니 이제는 비밀을 갖고 있을 필요가 없다고 생각하오. 허심탄회하게 이야기 좀 들었으면 하오."

주인은 생각조차 하기 싫은 첫날밤의 일을 부인에게 말하면서 아이의 아버지가 누구인지 말하라고 했다. 그러자 부인은 떨리는 목소리로 조용히 말을 이어갔다.

"저는 순결합니다! 이는 천지신명도 아실 것입니다. 어린 아이는 혼자 저절로 생긴 아이예요. 저 불쌍한 아이 앞에서 맹세코 사실대로 말씀드립니다!"

마침 집에는 사람들이 다 나가고 주인과 부인, 그리고 젊은이 셋뿐이었다. 주인은 젊은이를 부른 뒤 부인에게 젊은이를 데려온 자초지종을 얘기하고,

"이 마님이 너를 낳아준 분이다. 네가 어떻게 태어났는지를 말해줄 것이다."

"… 불쌍한 내 아이야."

흐느끼면서 부인이 말을 이었다.

"내가 너를 낳은 것은 분명하지만, 나 자신도 네가 진정 사람인지 잘 모르겠다. 너는 이 세상에 태어날 때, 도저히 이해할 수 없는 상황에서 태어났단다."

부인은 남편을 바라보며 말했다.

"약혼식 전날 밤이었습니다. 저는 아주 이상한 꿈을 꾸었습니다. 제가 집 정원을 걷고 있을 때 백발이 성성한 노인이 제 앞에 나타나 하는 말이 '당신의 시아버지

되실 분이 내 아들의 목숨을 살려주셨소'라는 것이었습니다. 그리고 '당신의 시아버지 되실 분에게 은혜를 갚기 위해 장차 며느릿감에게 축복을 내리고 보은을 하려는 것이오' 하면서, 저의 머리 위에 신비로운 향기가 나는 향수를 뿌려주었습니다. 말로 형언할 수 없는 향기가 피어오르면서 묘약과 같은 느낌이었습니다. 그 순간부터 뱃속에 뭔가 별난 것이 느껴졌습니다. 그리고 결혼 첫날밤이 되었습니다. 그 나머지는 당신께서 잘 아시는 일입니다."

부인은 비로소 한 맺힌 얘기를 토해내면서 흐느껴 통곡했다.

"… 이 아이를 그동안 어떻게 길러왔는지 말씀해주세요."

주인과 젊은이는 머리를 숙인 채 부인이 하는 말을 들었다.

"부인, 진정하시오, 부인! 당신이 하는 말을 나는 진심이라 믿으오. 우리의 약혼식이 있던 전날, 아버지께서 포수에게 총을 맞아 크게 상처를 입은 젊은 사슴을 구해준 일이 있소. 그날 밤 아버지는 당신과 똑같은 꿈을 꾸었지."

세 사람은 도저히 믿어지지 않는 일들에 대해 할 말을

잊은 채 깊은 상념에 빠지고 말았다. 정적이 얼마나 흘렀을까. 마침내 주인은 첫날밤 일어났던 일을 천천히 이야기했다. 그리고 젊은이에게 말했다.

"돌아가신 아버님은 너를 얻은 것에 대해 천지신명께 항상 깊은 감사를 드렸다. 네가 어릴 적 훌륭한 선생을 모셔와 공부를 하게 한 것도 그 때문이었다. 너는 어려서부터 총명하고 똑똑해 하나를 가르치면 열을 깨우쳤다. 그래서 선생은 너를 일컬어 '지식의 보물이자 천재'라 칭찬했지."

주인은 다시 말했다.

"지난달에 나는 자네를 양아들로 삼았네. 나는 자네가 세상에 유익한 사람이 되었으면 하네."

이야기가 끝나갈 무렵 젊은이는 그를 향해 엎드려 절했다.

"어르신은 아량이 넓으시고 고귀한 정신을 가지셨기에 신령님의 축복을 받으실 것입니다. 마님께서 저를 낳아주셨다면, 저에게 생명을 불어넣으신 분은 어르신입니다."

젊은이가 잠시 슬픈 표정을 짓더니, "저를 구원해 주신 어르신을 위해 목숨을 바치겠습니다. 저는 도를 닦기 위해 잠시 집을 떠나겠습니다"라고 했다.

어느 날 젊은이는 집을 떠났다. 그 후 30여 년의 세월이 흐르는 동안 그의 소식은 들을 수가 없었다. 중년의 남자는 어느덧 70세 노인이 되었다. 한동안 병환을 얻어 고생하던 그는 임종을 눈앞에 두고 있었다.

그러던 어느 날 방 밖에서 인기척이 나더니, 한 사람이 방으로 들어와 막 숨을 거두려는 그에게 다가가 떨리는 목소리로 말했다.

"어르신! 그동안 비록 몸은 어르신과 떨어져 있었지만, 한시라도 어르신을 잊지 않았습니다. 저는 그간 풍수지리를 익혔습니다. 어르신께서 영원하게 편히 잠드실 곳을 찾아서 모시겠습니다. 어르신의 영혼은 저 하늘 나라에 있는 신령님의 품으로 가실 것입니다. 어르신은 이 세상에 행복을 가져다주는 신령이 되실 것입니다!"

그러자 그는 어느새 얼굴에 평안한 미소를 띠면서 고맙다는 말을 건넨 뒤 숨을 거두었다.

* * *

삼촌댁은 사촌누이의 결혼 준비로 눈코 뜰 새 없이 바빴다. 신혼방도 차리고, 손님 맞이용 방들을 새롭게 단장했다. 방 천장과 벽에는 도배를 하고, 바닥에는 장판지를 깔고 창문에는 하얀 창호지를 발랐다. 도배와 장판을 새로 하니, 마치 새집처럼 집 안팎이 깨끗하게 정돈되었다. 여인들은 신부와 신부의 부모, 일가친척들이 입을 한복을 짓기 위해 바느질로 여러 날을 밤새웠다. 잔칫상에 내놓을 음식들도 정성을 듬뿍 담아 맛깔스럽게 장만했다.

이윽고 결혼식 날이 밝아왔다. 이른 새벽부터 집안은 한껏 분주했다. 아무리 늦잠꾸러기라도 누워 있을 수 없을 정도로 부산했지만, 선초는 이불을 뒤집어 쓴 채 늦잠을 잤다. 아침 8시쯤 됐을까. 아버지의 불호령으로 일어난 선초는 방에서 나와 보고는 깜짝 놀랐다. 밤새 너무 변해버린 집 안팎의 모습이 신기할 따름이었다. 선초도 잔치 분위기에 휩싸여 절로 흥겨워졌다.

넓은 정원에는 새하얀 색깔의 커다란 천막이 여기저기에 세워져 있었다. 집안 곳곳에는 화려하고 예쁜 꽃들로 채워진 화병이 장식되었다. 넓은 마당 한복판에는 높고 네모난 탁자가 놓였고, 그 위에는 온갖 음식이 차려져 있었고 꽃으로 장식되어 있었다. 꽃과 음식이 아름답게 어우러져 마치 한 폭의 그림처럼 화려했다.

오전 11시가 됐다. 새 신랑이 곧 도착한다는 전갈이 왔다. 호기심 많은 선초는 새 신랑의 모습을 보기 위해 대문 앞으로 나갔다. 대문 밖에는 새 신랑을 보려는 구경꾼들로 꽉 차 있었다. 마을의 모든 사람들이 모였는데, 그중에는 여자들이 더 많았다. 남자보다는 여자들이 새 신랑에 대해 더 관심을 많이 두었던 모양이다. 그들의 눈은 궁금함과 기대로 반짝반짝 빛나고 있었다.

드디어 말을 타고 새 신랑이 도착했다. 혼자가 아니라 네 명과 함께 다섯 마리의 말을 타고 왔다. 멋진 옷으로 차려입은 이들은 능숙한 솜씨로 한 사람씩 말에서 내렸다. 말에서 가장 먼저 내린 사람은 나이가 지긋한 노신사인 신랑의 아버지였다. 뒤이어 쪽빛 비단 옷을 화려하게 차려입은 젊은 사람이 내렸다. 그의 머리에는 두 개의 새 깃털로 장식된 봉이 높은 모자를 쓰고 있었다. 바로 오늘의 주인공인 새 신랑이었다. 세 번째로 내린 사람은 나이가 지긋한 신랑의 수행원이었다. 그는 원앙새를 들고 있었다. 다리와 날개를 붙잡아 맨 원앙은 꼼짝도 못한 채 눈만 껌벅일 뿐이었다.

마지막 두 사람은 신랑의 친척들이었다. 이들은 말에서 내린 뒤 바로 집으로 들어가지 않았다. 이들이 문 밖에서 기다리는 동안 결혼식의 주례가 다가왔다. 몸이 뚱뚱하고 나이가 지긋한 주례는 이 마을의 유지였다.

"박씨 집안에 어서들 오십시오!"

주례의 인도에 따라 다섯 남자들이 차례로 들어왔다. 주례는 새 신랑을 마당 한복판에 마련한 상으로 인도하고, 수행원은 그 상 위에 원앙새를 공손하게 올려놓았다. 주례의 지시에 따라 새 신랑은 상을 향해 무릎을 꿇고 세 번을 절했다. 다음에 주례는 우렁차고 힘찬 소리로 말했다.

"신부 입장하시오!"

그러자 안방에서 대기하고 있던 신부가 초록색 천으로 만든 장옷으로 얼굴을 가린 채 여자 두 사람의 부축을 받으며 나왔다. 신부는 상을 사이에 놓고 신랑의 맞은편에 다소곳이 섰다. 그러자 누군가가 한 마리 원앙을 상 위에 올려놓았다. 그리고 주례의 지시에 의해 신부는 신랑을 향해 엎드려 절했다. 예비 신랑에게 술을 잔에 따라 권하자 신랑은 그것을 조금 마셨다.

그렇게 결혼식은 끝났다.

첫날밤을 보낸 뒤 점심 무렵, 신랑은 신부를 데리고 자신의 집으로 떠났다. 신부는 네 명의 장정이 어깨에 멘 화려한 가마를 타고, 신랑은 말을 타고 뒤를 따라갔다. 신부의 부모도 가마를 타고 그 뒤를 따르고, 그 외에도 수십여 명의 사람들이 행렬을 이루며 따랐다.

신부는 떠났으나, 신부 집의 잔치는 끝나지 않았다.

동네 사람들을 초대해 이틀 동안이나 온갖 맛있는 음식을 나눠 먹으며 결혼을 축하했다. 신랑 집에서는 특별한 예식을 치르지 않는다. 그렇지만 신부 집과 마찬가지로 친지와 이웃 사람들을 초대해 잔치를 성대하게 연다. 특별한 예식은 없지만, 결혼 다음 날 신랑은 신부의 처녀 머리를 풀고 손수 신부의 쪽을 쪄주는 의례가 있다. 이 의례는 가족끼리 모인 가운데 치른다.

　결혼식과 피로연은 모든 사람들이 축하하는 가운데 경건하면서도 흥겹게 치러졌다. 그런데 몇날 며칠에 걸쳐 잔치를 치르다 보니, 일하는 사람들은 지쳐 파김치가 되기 십상이다. 이제 잔칫집은 하객들이 떠난 뒤 가까운 집안 식구들 몇몇만 남았다.

　물론 잔치 후에도 선초는 부모님과 함께 사촌누이 집에 머물렀다. 이들은 잔치가 아무 탈 없이 끝난 것에 감사하면서, 정겹게 이야기꽃을 피웠다. 그 자리에는 서울에서 온 젊은 친척 아저씨도 있었다. 유럽에 유학을 갔다 온 분이라 했다. 그래서인지 겉모습부터 우아하고 세련되었으며, 말솜씨도 뛰어났다. 사람들이 호기심과 동경어린 눈빛으로 궁금한 것들을 물어보면, 그분은 시원

시원하게 대답해주었다. 그러면 사람들은 귀를 쫑긋 세우고 쥐죽은 듯 조용히 경청했다.

그는 자기가 보고 겪은 유럽의 아름다운 풍광과 문화, 예술 등에 대해 재미있게 이야기했다. 그러면서 한국을 알고 있는 유럽인들은 한국을 사랑할 뿐만 아니라, 훌륭한 자연 풍광에도 감탄한다고 말했다. 그분이 전한 이야기는 다음과 같다.

"지난 달, 저는 친구의 초대로 저녁 모임에 간 일이 있었습니다. 그 자리에는 친구와 절친한 서양인들도 참석했습니다. 미국 선교사 부부, 독일인 기자, 2명의 영국인, 그리고 프랑스인 부부 등 네 나라의 각기 다양한 직업을 가진 사람들이었습니다. 우리는 맛 좋은 음식을 배부르게 먹은 뒤 담소를 나누며 여흥을 즐겼습니다. 한국음악 연주를 들으면서, 화제가 자연히 음악으로 옮겨졌습니다. 또 한국 음악을 이야기하다 보니, 한국인의 성격뿐 아니라 한국인에 대한 대화로 이어졌습니다. 그들은 이구동성으로 한국인들의 해박한 지식에 깊은 찬사를 보냈지요. 또 어질고 착한 한국인의 심성에 대해서도 칭송했습니다. 한 영국인은 한국 사람들이 왜 자유를 박탈당하고 살아야만 하는지 너무 안타깝다고 했습니다.

'자유롭지 못하면, 지적 수준도 발달되지 못하는 법입

니다. 인류 문화의 발전에 크게 기여할 수 있는 우수한 두뇌를 가진 민족인데 너무 아깝게 되었죠.'

그 영국인은 한국인들은 두뇌가 뛰어나며, 특히 독창적인 창의력을 지니고 있다고 말했습니다.

'한국 역사에 따르면 독일인이 금속활자를 발명하기 100년 전에 이미 한국은 직지금속활자를 발명했습니다. 기압계는 이탈리아보다 100년 전에 발명했죠. 오늘날 내로라하는 명성을 지닌 기술자들은 모두 이순신 장군의 거북선 잠수함을 보고 감탄해 마지않습니다. 옛날의 한국 도자기 기술, 불상, 금속활자, 석종을 보고, 우리 같은 현대인들은 놀라지 않을 수 없는 노릇이지요. 한국인들은 뛰어난 재능을 타고 났어요. 모든 일에 대해 끈기가 있고 솜씨를 발휘하는 능력이 있는 민족이지요.'

미국인 선교사는 위트가 넘치는 쾌활한 사람이었는데, 68세의 나이에도 여전히 명랑하고 젊은이들과 격의 없이 어울리는 그런 분이었습니다. 그는 낮고 굵은 목소리로 말했습니다.

'한국인들은 아주 고집스러울 정도로 강인하지만, 한편으로 고무줄 같은 유연함도 동시에 갖고 있네. 이런 특성이 단점일 수도 있지. 그러나 도리어 그런 점이 한국이라는 나라와 한국인을 여러 번이나 살려낼 수 있는 원동력이 되었다네. 한국 역사를 보면, 한국은 주변 강대국에 둘러싸여 늘 위협을 받았고, 때론 굴복하기도 복종하기도 했지. 그러나 굴복과 복종은 장차 복수를 하기 위해 칼을 갈고 미래를 확고히 하기 위한 수단에 불과했네. 만약 일본인처럼 좁고 편협한 사고를 가졌다면, 한국은 오래전에 망했을 것이네. 그러니까 유연함과 강인함을 동시에 갖고 있었기 때문에 중국과 같은 강대국의 핍박에도 살아남을 수 있었던 것이지. 그래서 고난의 태풍을 늘 헤쳐나올 수 있었던 것이라 생각하네.'

다음에는, 솜씨 좋고 섬세한 정신을 지닌 프랑스인이 말했습니다.

'내 생각에는, 한국인들에게 특기할 만한 것은 심성이 좋고 감성적이라는 사실입니다. 내가 세계를 많이 다녔지만, 한국인과 같은 심성과 감성을 지닌 사람들을 보지 못했죠. 그들은 서로를 사랑하고, 배려하고, 존중합니다. 외국인들을 만나면 열린 마음으로 대하며 매우 친절하기도 하고. 외국인에 대한 친절과 배려, 존중은 그들의 신성한 의무감에서 비롯하는 겁니다. 한국인의 집에는 아주 외딴 조그만 산골집에도 나그네를 하룻밤 재워줄 수 있는 '사랑'이라는 손님방이 하나씩 있지요? 나그네가 아는 사람이냐 아니냐는 중요하지 않습니다. 나그

네가 하룻밤을 청하면 어디서나 대가를 받지 않고 사랑을 빌려주기도 합니다.'

그 말을 들은 뒤, 제 친구이자 젊은 한국인 주인이 말했습니다.

'옳게 지적해 주셨습니다. 바로 그런 이유 때문에 한국은 관광 산업과 호텔 산업이 발달하지 못했지요. 여러분들께서 그렇게 한국인을 칭찬해주셔서 감격했습니다. 그러나 여러분은 아직 한국인의 단점과 약점을 잘 모르시는 듯합니다. 우리는, 일일이 다 열거하지 못할 정도로 많은 약점과 단점을 가지고 있지요. 그중 하나가 미신을 너무 믿고 어려운 일을 당하면 숙명이라며 쉽게 체념하는 것입니다.'

그러자 독일인 신문 기자가 말을 받았습니다.

'한국은 아시아의 스위스입니다. 나는 한국의 방방곡곡을 다녔죠. 2년 전 함경도를 갔을 때의 일입니다. 나와 삼촌, 그리고 한국 가이드 세 명이 갔습니다. 이 지방의 겨울 날씨는 매우 추워 눈보라가 치고 얼음이 꽝꽝 업니다. 우리 일행이 이곳을 방문했을 때 혹한, 폭풍이 몰아쳤습니다. 1월 15일 함경도의 산골짜기 마을에 갔을 때 눈보라가 몹시 불었습니다. 한발자국 앞도 내다보이지 않을 정도로 눈보라가 몰아치는데 산골을 헤매면서 어디 몸을 피신할 곳을 찾았습니다. 깊고 깊은 산골짜기에 조그만 마을이 보였습니다. 20여 채의 초가집들이 옹기종기 모여 있는 마을이었죠. 거기엔 농사꾼과 포수꾼들이 살고 있었습니다. 우리는 혼자 사는 할머니 집의 사랑에 머물렀습니다. 우리가 그 집에 묵자 동네 사람들은 우리가 필요한 것들을 갖다주었습니다. 그 사람들은 자기들 동네에 손님이 찾아온 것이 기쁘고, 손님을 대접하는 것이 행복하다고 했습니다. 눈보라는 이틀이 지나도 그치지 않아서 하는 수없이 우리는 할머니 댁에서 계속 머물러야 했습니다. 이 산골마을의 생활은 너무 열악했습니다. 땅바닥에 짚더미를 깔아 잠을 자고, 식량이 떨어져 죽을 써서 먹으며 연명할 정도니까요. 문명의 혜택이란 전혀 받지 못하는, 오래전 사람들의 생활 그대로였습니다.

그럼에도 그들은 우리에게 최선을 다해 친절하게 대해 주었습니다. 그분들의 착하디착한 마음씨는 잊을 수가 없지요. 어느 날 아침이었습니다. 나의 삼촌이 답답한 나머지 바깥바람도 쐴 겸 마을 구경도 하겠다며 나갔습니다. 나는 무료함을 달래기 위해 가이드와 함께 카드놀이를 했습니다.

그런데 집주인 할머니가 읍장이라는 뚱뚱한 남자와

함께 와서 방문을 두드렸습니다. 문을 여니 할머니는 눈물을 흘리고 있었습니다.

'할머니 왜 그렇게 우세요? 무슨 일이 있습니까? 읍장님, 말씀해 주세요.'

'죄송하지만 빨리 우리 마을을 떠나주길 바라오. 원한다면 큰 도시로 가는 편의를 봐주겠소. 우리 마을 주민들은 나쁜 사람들을 좋아하지 않소. 어서 떠날 준비를 하시오.'

읍장은 거칠고 화난 목소리로 용건만 냉정하게 말하고는 가버렸습니다. 할머니는 여전히 눈물을 뚝뚝 흘리며 울고만 있었습니다. 나와 가이드는 무슨 영문인지 몰라 벙벙하게 서있을 뿐이었습니다.

'할머니, 왜 그런지 말씀 좀 해주세요! 도대체 저희가 무슨 잘못을 했습니까?'라고 가이드가 말하자, 할머니는 '당신들은 나쁘지 않네. 그런데 나이 드신 당신의 삼촌이 잘못을 저질렀지. 오늘 아침 당신의 삼촌이 어린 사슴을 사냥총으로 쏴서 죽였다고 하네. 이 어린 사슴은 산속의 매서운 추위를 피하기 위해 마을에 내려온 것인데, 죽인 것이지. 말도 못하고 불쌍하기 그지없는 애처로운 사슴에 대해 하나도 동정심이 없는 사람들은 이 마을에 머무를 수가 없소. 장차 이 마을에 불행이 닥칠까 두렵네'라고 대답했습니다.

할머니가 나가자, 가이드는 '떠날 준비를 서두르세요! 우린 돌이킬 수 없는 큰 잘못을 저질렀습니다. 우리 잘못이 너무 크기 때문에, 아무리 용서해달라고 해도 소용이 없을 것입니다'라고 말했습니다.

'뭐라고! 어린 사슴 한 마리 죽인 게 큰 죄라고! 이 마을에도 포수꾼들이 많은데, 그들도 사슴을 사냥하지 않는가!'

'아닙니다! 선생이 이 마을 사람들의 정서를 몰라서 하는 말씀입니다. 겨울이 되면 이 마을처럼 깊은 산골 날씨는 털 가진 동물조차 얼어 죽을 정도로 매섭습니다. 들짐승들, 꿩·여우·사슴, 어떤 때는 멧돼지가 얼어 죽지 않으려고 위험을 무릅쓰고 마을로 내려옵니다. 그때마다 마을 사람들은 들짐승들을 따뜻하게 보살펴 겨울을 나게 한 다음 추위가 풀리면 다시 산으로 돌려보냅니다. 이것은 이 마을 사람들에게 전설처럼 내려오는 풍습입니다. 한국인들은 언제나 외국인들이 망명이나 보호를 요청해 오면 절대로 거절하지 않는 풍습이 있습니다. 아무리 흉악한 적이 찾아와 요구해도 거절하지 않는 게 한국의 관습입니다. 상대방이 어려울 때 요청하는 도움을 거절하는 것은 크나큰 죄라고 여기기 때문입니다.'

옆에서 듣던 삼촌은 난감한 표정을 지으면서, 우물우물 중얼거렸습니다.

'도망치는 사슴을 잡아주면, 마을 주민들에게 은혜를 베푸는 것이라 착각했네….'

'이 마을 사람들은 죽음을 무릅쓰고 사람 사는 곳에 찾아와 보호를 요청하는 들짐승을 죽이는 처사는 산신령님의 분노를 사는 것이라 생각하고 있습니다. 그래서 잔혹하게 살생한 짓을 한 사람들을 마을에 두어서는 안 되고 내보내야 한다고 믿습니다. 그래야만 노한 신령님의 화를 풀 수 있다고 생각하는 것이지요.'

우리는 할 수 없이 그렇게 해서 마음씨 좋은 사람들과 헤어지고 마을을 떠나야 했습니다. 이게 제가 한국에서 겪은 경험담입니다."

유럽 유학을 다녀온 젊은 분의 이야기는 이렇게 끝났다. 모두들 그의 말에 빠져 듣다 보니 시간가는 줄도 몰랐다. 사실인지 아닌지는 몰라도, 모두들 좋은 이야기라며 젊은 분에게 감사의 뜻을 전했다. 호기심이 많은 어린 선초도 이야기를 하나도 놓치지 않고 열심히 들었다. 이야기가 끝난 다음 선초 역시 젊은 분에게 깍듯이 인사했다.

어릴 적 회상은, 마냥 꿈처럼 그리움으로 아련하게
밀려왔다. 그때 중국인 혁명 동지가 찾아오면서, 박선초
는 비로소 꿈결 같은 지난날의 향수에서 깨어났다.

3부

중국의 위기와 혁명

그 무렵 중국도 쇠락의 길로 치달았다. 서양 세력과 일본은 마치 강도들처럼 끊임없이 중국 땅을 침범하고 범죄를 일삼았다. 그들에게 중국의 법이나 국제법은 애초 안중에도 없었다. 그들은 닥치는 대로 토지와 재산을 빼앗았다. 그것도 모자라 아편으로 중국을 오염시키며 난장판을 만들어 갔다. 그러나 중국은 속수무책이었다. 50년 동안 중국은 서양 세력과 일본에 무릎을 꿇은 채 모욕적인 조약을 맺어야 했다. 불평등한 조약의 댓가로 중국은 더욱 피폐해져 갔다. 그럴수록 탐욕스런 서양 세력과 일본은 더더욱 기승을 부렸다.

급기야 중국은 위태로운 상황에 빠져 들어 갔다. 외세의 침략 앞에서도 무능하고 부패한 관리와 전제주의, 절대 왕정에 환멸을 느낀 중국의 인민들은 더 이상 참을

수가 없었다. 마침내 중국 전역에서 민중들에 의한 폭동
이 일어났다. 그리고 민중의 봉기는 점차 혁명으로 발전
해 갔다. 특히 젊은 학생들, 외국 유학에서 돌아온 젊은
지식인들이 쑨원(손문)의 혁명에 동참해 갔다. 그리고
쑨원의 혁명은 중국인들의 희망으로 떠올랐다. 중국인
들이 존경해 마지않던 쑨원은 드디어 왕정을 폐하고 '공
화제'를 수립했다. 1911년 신해혁명에 이은 중화민국의
수립이 그것이었다.

  박선초는 유학시절 쑨원과 친교를 맺었다. 또 박선초
역시 쑨원과 같은 이상을 지니고 있었고 둘은 모두 정직
하고 양심적인 혁명투사들이었다. 그래서 각자의 국민
으로부터 존경을 받았다. 박선초는 쑨원에게 보내는 편
지에서, 혁명 과업을 반드시 이루겠다는 결심을 토로하
기도 했다. 쑨원도 박선초의 의지에 적극 지지의 뜻을
보냈다. 박선초는 중국에 머물면서 한국의 혁명에 필요
한 인재들을 모았다. 국내의 인사들과도 꾸준히 연결을
도모해 갔다. 중국의 혁명 투사들도 기꺼이 박선초를 도
왔다. 그렇게 해서 박선초는 거대한 혁명 계획의 불을
지펴 나갔다.

이 무렵 일본은 잔혹한 학살과 탄압으로 한국의 상황을 공포의 도가니로 몰아 나갔다. 일본군과 경찰의 무고한 양민에 대한 학살과 탄압은 상상을 초월할 정도였다. 일본군 수뇌부들은 그것에 그치지 않고 더욱 잔인한 학살을 강요했다. 무자비한 만행을 통해 한국인들의 기를 꺾어 놓겠다는 것이 그들의 심산이었다.

한국인들은 이유도 없이 살던 집을 빼앗기고, 곡간의 양식마저도 약탈당해야 했다. 또 일본에 항거하던 레지스탕스(독립운동가)들이 곳곳에서 처형을 당하기도 했다. 이들이 흘린 피로 방방곡곡은 피바다로 변했다. 마치 주체할 수 없이 흐르는 눈물이 쏟아 붓는 것 같았다.

중국의 혁명 투사들은 한국의 비참한 형상에 동정과 지원을 아끼지 않았다. 그리고 중국과 한국이 힘을 합해 공동의 적인 일본과 싸울 것을 외치기도 했다. 그들은 박선초를 적극 지원하면서 공동 투쟁을 계획해 갔던 것이다.

박선초는 중국에서 혁명이 일어날 무렵 국내 인사들과 긴밀한 연락을 취하며 민중 봉기를 추진해 갔다. 그러나 일본은 한국에 일본군을 대거 주둔시키며 탄압을 강화시켜 나갔다. 일본의 탄압과 만행이 심해질수록, 한국인들 가운데는 기꺼이 자유와 독립을 위해 목숨을 바치는 사람들이 늘어갔다. 그들은 "자유를 달라!", "아니면 죽어도 좋다!"고 외쳤다.

박선초는 결코 폭력주의가 아니었다. 그러나 일본의 무자비한 만행에 맞서 폭력으로 저항할 것을 선포했다. 한국인들은 해외 곳곳에서 의열투쟁을 벌여 나갔다. 그 첫 번째가 1908년 미국 샌프란시스코에서 장인환과 전명운이 미국인 스티븐스를 처단한 것이었다. 일본의 자문역을 맡았던 스티븐스는 일본의 한국에 대한 식민 지배를 찬양하던 자였다. 1909년 말에는 정의의 수호자 안중근이 중국 하얼빈에서 이토를 처단한 의거를 일으켰다. 이토는 일본제국주의의 침략을 주도한 원흉이었다. 그는 러시아와 함께 만주를 탈취하려는 음모를 꾸미기 위해 하얼빈에 갔다가 변을 당한 것이다. 이토가 사망하자, 일본은 보복이라도 하듯이 한국에 대한 침략을 노골적으로 강화해 갔다. 1910년 8월 29일, 한국은 끝내 일본에 의해 멸망하고, 일본의 영토로 복속되었다.

일본의 초대 총독으로 부임한 데라우치는 끔찍할 정도로 잔인한 방법으로 한국을 통치했다. 인류의 양심에 비춰 볼 때 데라우치의 행동은 심히 수치스런 일이었다. 한국의 멸망을 전후해 치욕을 참지 못하고 목숨을 던진 인사들도 많았다. 멸망하기 전이지만, 이준은 네덜란드 헤이그 만국평화회의에서 일본의 침략을 고발하려다가 뜻을 이루지 못하자 이국만리에서 자결했다. 지조를 지키기 위해 스스로 목숨을 끊는 인사들이 줄을 이었다.

"식민 지배는 노예 생활이나 다름없다! 노예로 사느니 차라리 죽음을 택하겠다!"는 게 그들의 외침이었다.

1910년 나라가 망한 뒤 1년이 지날 무렵 일본군에 의해 희생당한 한국인은 200,000명이 넘었다. 일본은 한국인 지식층을 포섭해 식민 지배의 앞잡이로 이용하려 했고, 농토에서 쫓겨난 소작농들을 강제로 만주 벌판으로 내몰았으며, 무지몽매한 농민·노동자들을 일본에 동화시켜 노예로 만드는데 혈안이었다. 그러는 동안 한국의 농촌은 피폐할 대로 피폐해져 갔다.

그뿐이 아니었다. 소위 토지조사사업이란 것을 통해 조상대대로 물려받았던 한국인들의 토지를, 제때 신고하지 않았다는 이유로 강제로 빼앗아 갔다. 그리고 강제로 빼앗은 농토들을 일본인 이민자들에게 나눠주었다. 일본에서 극빈층이었던 이들 이민자들은 조선총독부의 농토 배급으로 하루아침에 지주로 변신하는 해괴한 일이 벌어졌다. 반면에 한국인은 짐승 취급을 받는 식민지 노예로서 가난과 굶주림에 떨어야 했다.

1914년, 제1차 세계대전이 발발했다. 국제 정세가 크게 변하고, 세계 판도도 바뀌기 시작했다. 한국인들은 그와 같은 국제 정세에 예민한 반응을 보였다. 한국의 미래가 국제 정세의 변화에 달려 있다고 생각했기 때문이다. 윌슨 미대통령의 민족자결주의, 세계대전의 종전, 국제적인 평화협정… 이 모든 소식들이 한국에도 전해졌다. 한국인들은 마치 사막에서 신기루를 보듯이, 꿈결처럼 아름다운 선언들에 모두 환희했다.

한국인들은 세계대전이 인류의 양심과 정의를 지키기 위해 싸우는 것이라 믿었다. 부당하고 불평등한 억압에 시달리던 한국인들은 세계대전이 끝나면 자유를 되찾을 것으로 희망에 들떠 있었다. 그러면서 한국의 민족주의도 고조되었다. 민중들은 언제든지 봉기를 일으킬 각오가 돼 있었다. 그러나 박선초는 신중에 신중을 거듭했다. 실패를 해서는 안 된다는 쓰라린 경험을 가졌기 때문이다.

박선초는 국내의 혁명동지들과 은밀하게 '독립선언'을 추진해 갔다. 그러나 일본이 한국인의 집회 결사의 자유를 철저히 억압했던 관계로 준비 과정이 피를 말리듯 험난했다. 일본의 식민지 법에는 4인 이상이 모이는 것을 원천적으로 금지하고 있었다. 또한 그들은 삼엄한 경계를 펼치며 한국인의 일거수 일투족을 감시하고 있었다.

그럼에도 한국인은 남녀노소를 불문하고, 종교를 초

월하면서까지 한국독립을 위해 굳게 뭉쳐 있었다. 박선
초는 독립선언을 대표할 인사들 33인을 선정했다. 이들
은 천도교, 기독교, 불교 등 종교계 인사들이었다. 죽어
버린 조국의 부활을 위해 이들이 힘을 합친 것이었다.

감격적인 투쟁이 시작되는 순간이었다!

한국 독립운동에서 천도교의 역할은 꽤 컸다. 천도교
는 원래 동학에서 출발한 종교다. 동학의 조직 기반을
계승한 천도교는 전국적으로 300만 명의 신도를 거느리
고 있었다. 때문에 대중적 힘을 동원하는 데 유리한 점
이 있었다. 천도교는 3·1운동을 처음 준비할 때 조직과
자금 조달을 맡았다. 교인 중에는 3·1운동에 목숨을 바
치겠다는 열혈 인사들도 적지 않았다.

일본은 1914년 세계대전이 일어나자 쾌재를 부르며
재빨리 연합국 일원에 가담했다. 사실 세계대전은 유럽
전쟁의 성격이었지만 일본은 중국에 잔류하던 독일 세
력을 물리치고 그 이권을 차지하려는 속셈에서 전쟁에
가담했다. 유럽의 국가들이 일본에게 중국을 마음대로

침략할 수 있는 자유를 부여한 것이나 다름없었다. 이후 일본은 속전속결로 마치 굶주린 사자마냥 파렴치하게 중국을 침략했다. 그것도 모자라 그들은 전쟁이 가능한 한 오래 지속되기를 바랐다. 전쟁이 장기화하면 그만큼 동양에 대한 서양의 영향이 덜 미칠 것이고, 소위 대동아공영권을 꿈꾸던 일본이 중국을 침략할 수 있는 좋은 기회가 찾아올 것이라 생각한 때문이다.

일본은 러일전쟁 이후 만주를 비롯해 중국 대륙에 대한 침략을 호시탐탐 노리고 있었다. 마침내 그 기회를 노려 소수의 독일군이 지키던 칭다오를 공격해 빼앗았다. 이렇게 해서 일본은 힘도 안들이고 중국 대륙 침략의 거점을 확보할 뿐 아니라 경제적으로도 막대한 이익을 챙겼다. 세계대전으로 일본은 유사 이래 최고의 경제적 성장과 번영이라는 혜택을 누릴 수 있었다. 심지어 그들은 일일이 나열할 수 없을 정도 중국 대륙에서 중국인을 공포로 몰아넣으면서 온갖 횡포를 부렸다.

일본이 극동아시아에서 침략주의를 발호할 때, 박선초와 그의 동지들은 아주 은밀하고 계획적으로 3·1운동을 추진해갔다. 때마침 세계대전이 종전하면서, 국제사회는 전쟁에 대한 반성이 크게 일어났다. 전쟁의 참화를 겪으며 생명의 소중함과 평화의 중요성이 부각되었던 것이다. 그와 함께 인도주의가 새로운 물결로 부상했다. 물론 이때의 반성과 인도주의는 다소 한계가 있었다. 그렇지만 혁명가들은 그런 기회라도 놓쳐서는 안 된다고 판단했다. 이는 독립선언과 3·1운동을 준비하는 한국 독립운동에도 활력소가 될 것이 분명했다.

이들은 세계대전이 끝나자 한국의 독립을 세계만방에 선언하기로 결의했다.

그리고 박선초 등은 독립선언서의 기초를 이름난 문장가 최남선에게 부탁했다. 그와 함께 독립선언에 들어가야 할 지침과 내용들을 간추려 최남선에게 전달했다. 또한 1919년 1월 베르사유 강화조약에 대표단을 파견했다. 한국을 침략한 일본의 부당성과 한국 독립의 정당성을 국제사회에 호소하기 위해서였다.

미국의 윌슨 대통령이 제창한 민족자결주의가 세계 약소민족 국가들이 독립을 선언하는 데 촉진제가 되었던 것이 사실이다. 한국의 독립운동 세력도 그것을 놓칠 리가 없었다. 드디어 1919년 3월 1일, 2,300만 한국 민족이 한 목소리로, 독립을 전 세계에 선언했다. 일본 헌병과 경찰의 삼엄한 감시에도 전 세계에 발표한 한국의 독립선언이었다.

독립선언서

DÉCLARATION D'INDÉPENDANCE
DE LA RÉPUBLIQUE CORÉENNE

우리는 한국(조선)이* 독립국임과 한국인이 자주민족임을 선언한다. 이 선언을 세계 만방에 널리 알려 인류평등의 대의를 분명히 세우려 한다. 또 이를 자손만대가 깨우치게 해 민족의 독자적 생존권을 영원히 누리게 하려 한다.

이는 5,000년 역사를 지녀온 민족으로서 마땅히 선언하는 것이며, 2,000만 민중의 충성이 하나가 되어 밝히는 것이다. 우리의 독립선언은 민족의 영원한 자유와 발전, 인류의 양심과 세계 개조의 대세에 맞추어나가기 위한 발걸음이다. 이는 하늘의 지시이며 시대의 추세이다. 그리고 전인류의 공동생존권을 위한 정당한 발동이므로, 어느 누구도 이를 막고 억누르지 못할 것이다.

한국의 수천 년 역사에서 침략주의 강권주의에 나라를 빼앗긴 희생은 처음이었다. 일본의 압제에 뼈아픈 괴로움을 당한 지 10여 년이 지나는 동안 한국 민족은 기본적 생

---

* 독립선언서에는 조선이라 표현하고 있으나, 이 책에서는 한국(코레안느)으로 통칭하고 있다. 이 책이 간행될 때인 1929년에는 대한민국임시정부가 활동하고 있었으므로, 한국으로 표현한 것으로 여겨진다 - 역자 주

존권마저 빼앗긴 채 정신적으로도 이루 말할 수 없는 피해를 받았다. 또 민족의 존엄과 영예에 커다란 손상을 입었을 뿐 아니라, 한국 민족의 독창성이 세계 문화에 이바지할 수 있는 수많은 기회를 잃어야 했다.

슬프다!

과거의 억울함을 떨치고, 현재의 고통에서 벗어나고, 미래의 위험을 방지하려면 민족 독립을 확실케 하는 것이 급선무이다. 독립은 눌려 쪼그라진 민족을 장대하게 만들 것이며, 국가의 위신과 도리를 바로 세울 것이다. 또 개개인의 인격을 정당하게 발전시키며, 가엾은 자녀들에게 부끄러운 현실을 물려주지 않고, 자자손손 영구하게 완전한 경사와 행복을 가져다줄 것이다.

오늘날 인류 공동의 양심이 정의와 인도를 내세우는 이때, 2,000만 전 민족이 한마음으로 굳게 결심하면 어느 강자라 할지라도 물리치지 못하고, 무슨 뜻인들 이루지 못하겠는가?

우리는 강화도조약 이후 때때로 저지른 일본의 배신에 죄를 물으려 하는 것이 아니다. 일본의 학자나 정치가들은 한국 고유의 문화를 멋대로 날조해 자기들의 것인 양 가로채고, 유구한 문화민족을 야만족으로 멸시하는 정복자의 탐욕을 드러낼 뿐이었다. 한국의 문화와 민족을 능멸했다고 해서 일본의 의리 없음을 꾸짖으려는 것도 아니다.

스스로를 채찍질하고, 격려하기에 바쁜 우리는 남을 원망할 겨를이 없다. 현실을 극복하기에 급한 우리는 옛날 일을 갖고 응징하거나 시비를 가릴 겨를도 없다. 오로지 우리는 자기 건설을 이루려는 것이지, 결코 남을 파괴하려는 것이 아니다. 어디까지나 정당한 양심에 의거해 우리의 새로운 운명을 개척하는 것이지, 묵은 원한과 일시적 감정으로 남을 내쫓고 물리치려는 것이 아니다. 일본 정치가들의 낡은 사상과 잘못된 무력으로 저질러진 불합리한 현실을 바로잡고 올바른 근본을 되찾으려는 것이다.

당초 한국이 원하지 않았던 합방의 결과는 무력에 의한 위협과 민족적 불평등, 거짓 등을 초래해, 두 민족 사이에 화합할 수 없는 원한의 골만 깊어졌다.

지금이라도 일본은 과단성 있게 과거의 잘못을 뉘우치고, 이해와 동정에 의한 새로운 판국으로 나가는 것이 서로의 화를 쫓고 복을 부르는 일임을 알아야 할 것이다. 원한과 분노에 쌓인 2,000만 민족을 무력과 위압으로 누르는 것은 동양의 평화를 구하는 길이 아닐 뿐 아니라, 4억 중국인의 경계와 공포를 불러일으켜 결국에는 동양이 모두 망하는 비참한 운명에 이를 것이 명확하다.

오늘날 한국 독립은 한국인의 정당한 생존과 번영뿐이

아니라 일본이 잘못된 길에서 벗어나 동양 평화를 위한 역할을 맡게 하는 것이며, 중국을 일본 침략의 공포심에서 벗어나게 하는 것이다. 또 동양 평화는 나아가 세계 평화와 인류 행복에 이바지하게 될 것이다. 이 어찌 사소한 감정상의 문제라 할 수 있는가?

아! 새로운 세계가 눈앞에 펼쳐지고 있다. 위력의 시대가 가고 도의의 시대가 오고 있다. 과거 한 세기 동안 키워온 인도적 정신이 이제 막 새 문명의 밝아오는 빛을 인류 역사에 비추기 시작했다. 온 세계는 새봄을 맞이해 만물의 소생을 재촉하고 있다. 혹심한 추위로 숨 막히게 꼼짝 못한 것이 지난 시절의 형세라 하면, 따뜻한 봄바람과 햇볕에 원기와 혈맥을 떨쳐 펴는 것은 지금의 형세이다. 천지의 운수와 세계의 새로운 조류에 힘입은 우리는 아무 주저할 것도 없으며, 아무 거리낄 것도 없다.

우리는 천부의 권리와 생명의 왕성한 번영을 누릴 것이며, 풍부한 독창력을 발휘하여 봄기운 가득한 천지에 순수하고 빛나는 민족문화를 꽃피울 것이다.

우리는 이에 떨쳐 일어났다.

양심이 우리와 함께 있으며, 진리가 우리와 함께 하고 있다. 남녀노소가 어둡고 답답한 자리를 박차고 일어나 삼라만상의 힘찬 생명과 함께 새로운 부활을 이루어내고 있다.

조상의 신령이 우리를 돕고, 세계의 형세가 우리를 밖에서 보호하고 있으니 시작이 곧 성공이다. 다만 앞길의 광명을 향하여 힘차게 곧장 나아갈 뿐이다.

공약 3장

Ⅰ. 오늘 우리의 이번 거사는 정의, 인도와 생존과 영광을 갈망하는 민족 전체의 요구이니, 오직 자유의 정신을 발휘할 것이요, 결코 배타적인 감정으로 정도에서 벗어난 잘못을 저지르지 말라.

Ⅱ. 최후의 한 사람까지 최후의 일각까지 민족의 정당한 의사를 당당하게 발표하라.

Ⅲ. 모든 행동은 질서를 존중하며, 우리의 주장과 태도를 어디까지나 떳떳하고 정당하게 하라.

한국 건국 4252년 3월 1일
한국민족대표 33인의 서명

민족대표 33인은 1919년 3월 1일 서울 시내에 있는 태화관에 모였다. 장식이 하나도 없어 깨끗하고 정갈한 방에서 타원형 탁자를 가운데 두고 이들은 한국의 독립과 한국인이 자주민임을 엄숙하게 선언했다. 이들은 애국적인 거사를 위해 몸 바쳐 희생할 것을 맹세하며 건배한 뒤 대한독립만세를 힘차게 외쳤다. 선언식을 거행한 뒤에는 일본 경찰에 독립선언의 사실을 알렸다.

깜짝 놀란 일본은 즉각 태화관에 경찰을 출동시켜 33인들을 붙잡아 갔다. 33인은 일본 경찰에 끌려가 혹독한 고문을 받아야 했고 투옥되어 지옥같은 생활을 이어가야 . 태화관에서 독립을 선언한 직후 서울의 한 공원에서는 일반인과 학생들이 모여 별도로 독립식을 거행하고 만세시위를 벌였다. 이 소식은 방방곡곡으로 알려졌고, 다음 날부터 만세시위가 전국에서 불같이 일어났다. 한국인들은 손에 태극기를 들고 "대한 독립 만세!"를 힘껏, 우렁차게 외쳤다.

3·1운동은 평화적이며 비폭력적인 만세운동이었다. 만세시위를 벌이더라도 한국인들은 절대로 폭력을 행사하지 말 것을 굳게 맹세했다. 설령 일본 경찰에 체포당하더라도 폭력이나 저항을 하지 말 것도 다짐했다.

그러나 일본 경찰은 평화적인 만세운동을 벌이는 민

중들을 향해 총칼을 휘두르며 잔인하게 탄압했다. 3·1 운동이 일어난 지 3주도 채 안 돼 전국에는 3만 2,000여 명의 한국인이 투옥되기에 이르렀다. 만세운동을 벌이다가 희생당한 사망자와 부상자가 10만여 명에 달했다. 그중에는 어린 소녀, 아동, 노약자들도 있었는데, 이들까지도 무차별 희생당했다.

1919년 3월 28일, 만세운동이 들불같이 번지는 가운데 서울 시내에서는 만세운동을 벌이다가 일본 군경이 발사한 총탄에 수많은 사람들이 희생당하는 참상이 일어나고 말았다. 일본 경찰은 물불 가리지 않고 한국인들에게 채찍을 휘두르거나 총칼로 베어 죽였다. 여자들은 옷을 벗긴 채 알몸으로 끌고 다니다가 사람들 앞에서 곤장을 때리기도 했다.

특히 독립운동가의 가족들이 당해야 했던 고통은 이루 말할 수 없었다. 독립운동가의 가족이라는 이유로 감옥에 끌려갔으며, 온갖 고문을 받다가 끝내 희생당하기도 했다. 지방에서는 더욱 잔인한 참상이 벌어졌다.

이 잔학상은 몇몇 의롭고 정의와 양심에 불타는 외국인들에 의해 온 세상에 알려졌다. 그 대표적인 것이 수원의 제암리 학살이다.

1919년 4월 15일에는 서울에서 남쪽으로 35킬로 떨러진 수원 근처의 제암리라는 조그만 마을에서는 39채의 집에 일본군이 불을 질렀다. 그리고 사람들은 교회로 끌고 가 문을 닫은 후 불에 태워 죽였다. 혹시 창문 너머로 탈출하는 사람이 있으면 총으로 쏴 죽였다. 수원에서만 42채의 집, 완수리에서 25채의 집이 같은 방법으로 불에 완전 소실 파괴되었다.

그러나 독립운동의 불길은 꺼지지 않았다. 한국 혁명의 정신적 지주인 박선초는 겉으로 드러내지 않은 채 독립당 당원으로 활동을 전개해나갔다. 3·1운동 일어나자 한국의 독립운동 세력들은 국내외에서 대한민국임시정부를 수립했다. 국내에서는 13개도 대표들이 모여 국민대회를 열고 한성임시정부를 수립했는데, 이는 임시정부 수립의 신호탄이 되었다. 그리하여 중국 상하이에서는 대한민국임시정부가 수립되었다. 박선초는 상하이의 대한민국임시정부에 참가했다. 그는 뚜렷한 직책을 맡지 않은 채 임시정부를 뒤에서 돕는 일을 자청했다.

임시정부 수립에 앞서 중국의 독립운동 동지들은 파리의 베르사유 궁전에서 개최되는 파리강화회의에 대표단을 파견했다. 일본의 침략상과 한국의 독립선언을 알리기 위해 파리에 도착한 대표들은, 파리강화회의에서 한국 문제를 다루지 않는다는 비보를 접하고 크게 낙담하고 말았다. 그리고 세계를 진동시키던 윌슨 대통령의 민족자결주의란 것도 허울 좋은 구호에 불과하다는 것을 뼈저리게 느꼈다. 인도주의L'Humamité와 정의는 그렇게 무참하게 짓밟혔다.

파리강화회의에 참가한 각국의 대표들은 자국의 이익을 챙기는 데만 정신이 팔려 있었다. 그 형상이란, 마치 검은 흑심을 가진 이리떼가 날카로운 발톱과 이빨을 드러내고 양떼를 잡아먹을 기세로 달려드는 꼴이었다. 이리떼들은 순진무구한 어린 양떼가 죄를 지었다고, 멍청이 같은 당나귀 떼가 범죄를 저질렀다고 번지르르하게 연설을 하면 꽤 많은 여우 떼가 박수갈채로 화답하면서, 서로 두둑한 영토와 보상금을 나눠가졌다.

제국주의 열강은 약소민족과 국가의 불행에는 전혀 아랑곳하지 않았다. 그런 냉엄한 국제 현실에서 한국인들 가운데는 끓어오르는 분노와 울분을 참지 못하고 절망에 빠진 이도 있었다. 그러나 한국인들은 분노와 절망을 넘어 그럴수록 한층 더 한마음 한뜻으로 결속하면서 독립운동의 깃발을 힘차게 휘날렸다.

박선초 역시 자신에 주어진 임무와 역할을 찾아 독립운동에 매진하기로 굳게 결의했다. 그가 선택한 길은 국내에 들어가 제2의 3·1운동을 일으키는 것이었다. 국내의 민중들의 기반을 구축해 일제와 정면에서 맞선다는 것이 그의 전략이었다.

그러나 국내에서 은밀하게 활동하던 그는 불행히도 1921년 말 일본 경찰에 붙잡혔다. 그리고 일본 경찰의 불법적 탄압으로 법정에 서지도 못한 채 총살당하고 말았다.

이것이 바로 한국 독립운동의 비극적 운명이었다.

이 세상에서 정의la Justice란 말은 더 이상 없다. 정의란 마땅히 양심의 가책을 받아야 한다. 이렇게 세상을 비추던 빛이 갑자기 꺼지고 말았다. 세상의 인도주의는 스스로 부끄러워해야 한다.

모름지기 문명국가들은 일본의 범죄행위를 처벌하고 응징해야 한다. 문명국가들은 약소민족을 억압하는 일본을 규탄해야 한다.

박선초는 결코 죽은 것이 아니다! 비록 몸은 없을지라도, 한국인의 가슴 속에 그는 영원히 살아 있다. 박선초가 세상에 남긴 자취와 업적은 인도주의와 정의가 되살아나는 날, 후세에 길이 기억될 것이다.

박선초야말로 진정한 인도주의자(L'Humamité)다!

박선초가 곧 정의(la Justice)다!

박선초는 영원한 자유(la Liberté)다!

AUTOUR
D'UNE
VIE CORÉENNE

어느 한국인의 삶

자료와 사진 속
서영해

1920년 무렵 상하이에서 중국옷을 입은 서영해. 중국식 정원을
배경으로 사진관에서 촬영한 것으로 보인다.
(부산박물관 제공)

1922년 보배에서 어린 급우와 함께.(부산박물관 제공)
서영해는 이 때를 가장 행복했던 시절로 회고했다.

1925~1926년 무렵 리세 마르소 재학중의 서영해
(부산박물관 제공)

1926년 리세 마르소 시절의 서영해
(부산박물관 제공)

파리 남서쪽 80킬로미터에 위치한 샤르트르시의 리세 마르소 전경.
프랑스 유수의 명문인 이 학교 건물은 문화재로 지정되어 있다.

1926년 서영해가 다녔던 소르본 대학.
서영해는 소르본 대학 철학과정을 잠시 다녔다.

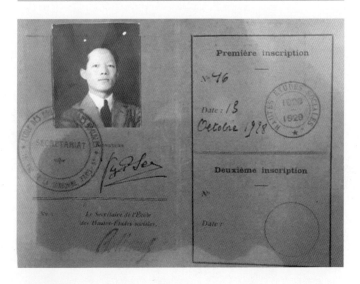

1928년 파리 언론학교의 학생증.
서영해는 기자가 되기 위해 고등사회연구학교의 언론학교에 들어갔다. 소르본느 거리에 위
치한 이 학교는 1899년 세계 최초의 언론학교로서 후일 파리고등언론학교로 개편해 오늘에
이르고 있다.

이 책을 쓸 때 역사교재로 삼았던 《한일관계사료집》,
대한민국임시정부는 도산 안창호의 주도아래 임시사료 편찬위원회를 설치하고
1919년 9월 《한일관계사료집》을 편찬했다. 이 사료집은 국제연맹의 제출하기
위한 것으로 한국의 오랜 역사문화와 독립운동의 내용을 담고 있다.('영해문고'
중에서)

서영해가 살던 부근의 팡테옹 거리.
팡테옹에는 프랑스를 빛낸 문호와 예술가, 학자 등이 모셔져 있다. 프랑스 문화를 상징하는 공간
이기도 하다.

서영해가 20여년간 머물던 말브랑쉬 7번지 숙소의 현재.
그는 1929년 여기에서 고려통신사를 세웠다.

El Sol (Madrid . 1917) . 20/12/1929, page 2.

REVISTA DE LIBROS

Notas críticas

LITERATURA

SEU RING-HAI: "Autour d'une vie coréene". Editions Agence Korea, Paris. 196 páginas. 15 francos.

Todo coreano culto o de fina sensibilidad política pasea por el mundo su melancolía de ciudadano de un país sometido a la dominación extranjera y su odio hacia todo lo japonés. La táctica del imperialismo colonial se nos ofrece en pocas casos tan al desnudo como en el de la conquista de Corea, el "país de la mañana plácida".

Desde 1876, fecha de la guerra japonesocoreana, hasta 1910, en que Corea se convirtió en una colonia del Japón, este país ha puesto en práctica todos los más violentos métodos políticos para apoderarse de Corea.

Bac Sontcho es el nombre de un joven intelectual coreano que dirigió en su patria un gran movimiento de emancipación nacional. Bac Sontcho se consagró por entero a la lucha por la libertad de los suyos; desde la edad de quince años hasta 1921, en que fué detenido por la Policía japonesa y fusilado, este excelsa coreano combatió contra el dominador.

En la memoria del pueblo corea no vivirá eternamente el recuerdo de Bac Sontcho. Seu Ring-Hai ha escrito su biografía, "Autour d'une vie coréene", para dar a conocer en Occidente, principalmente en Europa, la vida heroíca del caudillo de la nación coreana. Y su libro es un bello poema en honor de esta extraordinaria figura.

Hemos dicho que Bac Sontcho comenzó a los quince años su lucha por la libertad de Corea, y hemos dicho bien. A dicha edad tu padre lo envió al Japón para que continuara sus estudios. Cierto día, cuando asistía a un curso de Geografía con sus camaradas japoneses, el profesor explicó, en medio de la lección, la necesidad para el Japón de colonizar Corea. Bac Sontcho, profundamente indignado, golpeó con una silla al profesor.

Desde entonces Bac Sontcho se convirtió en el paladín entusiasta de la emancipación coreana. Su vida fué la de un agitador que no abandona ni ante los mayores peligros su propaganda. Pero Bac Sontcho sufrió poco antes de morir una de las mayores desilusiones que un patriota coreano podía tener: la Conferencia de Versalles se negó pura y simplemente a ocuparse de la cuestión de Corea. Vió derrumbarse así las últimas esperanzas de independencia. Y el Japón sigue dominando hoy día al pueblo coreano.

El hermoso libro de Seu Ring-Hai es un bello resumen de la historia política de Corea; pero es también un bello ejemplo de literatura oriental, dulce, serena, heroíca, como la de Cheng Tcheng.

J. A.

POLITICA

AUGUR: "Les aigles luttent sur la Baltique". Editions Victor Attinger. Paris et Neuchatel, 1929.

Estas águilas, blanca y negra, que luchan en el Báltico son Polonia y Alemania, y el estudio del problema político que plantea la resurrección de Polonia es uno de los más interesantes en la actualidad. El decidido apoyo de Francia hacia el "Aguila blanca" ha producido el resurgimiento económico, militar, naval, etc., que presenciamos en la Polonia de nuestros días.

El libro es un constante alegato en favor de los derechos de Polonia, e insiste especialmente en la cuestión de su salida a la mar, lo que se ha dado en llamar el "pasillo polaco".

Tras un resumen histórico de las vicisitudes por que ha pasado el país—sin excluir a Danzig—, se exponen el estado actual de puerto libre y su renacimiento después de la guerra. A continuación dedica dos capítulos a la importante cuestión del puerto de Gydnia, el flamante establecimiento polaco en el que se reunen el puerto comercial y una base al norte de él para la

스페인 언론 《Le sol》 1929년 12월 20일자에 실린 서영해 작품의 서평.

Le Petit Journal

PARIS
capitale de l'exil

V. — Des "hors la loi" venus des quatre coins du monde

Dans la lutte implacable qu'un peu partout dans le monde les peuples livrent aux peuples, les partis aux partis, Paris est l'asile où viennent se retremper les vaincus. Nous avons vu comment les Russes antibolcheviks, les républicains espagnols, les autonomistes catalans, les Italiens antifascistes venaient organiser, dans notre capitale, leurs espoirs de revanche. Mais à côté de ces quatre catégories qui forment le contingent le plus nombreux des exilés politiques, il en est beaucoup d'autres, moins connues peut-être, mais dont le sort est tout aussi digne d'intérêt.

Il y a les Hongrois, communistes et démocrates, chassés par la dictature de l'amiral Horty. Groupés autour du comte Karolyi, ancien président de la République hongroise, ils traînent sans espoir, dans les cafés de Montparnasse, la nostalgie de la patrie perdue. Il est parmi eux des compositeurs, des écrivains et des peintres de talent. Mais la plupart sont des ouvriers, des employés, des musiciens d'orchestre. Vivant aujourd'hui à l'écart des luttes politiques, ils n'ont plus qu'un rêve : revoir leur beau Danube bleu.

.. Il y a les Macédoniens, peu nombreux à Paris, mais si fanatiques! Divisés en deux fractions rivales, les « verkhovistes » (ancienne *Orim*) partisans de l'annexion de la Macédoine à la Bulgarie, et l'*Orim unifiée*, parti de l'indépendance, ces chevaliers de l'attentat répandent la terreur dans les Balkans. Leurs chefs, d'un côté Protoguéroff

(Cl. A. Rouers.)

Une séance du comité du Kuomintang à la mairie du 6ᵉ arrondissement

J'ai vu, dans la petite chambre qu'il occupe près du Panthéon, M. Seu Ring Haï, un des chefs du mouvement indépendant coréen. Certes, M. Seu n'a pas l'apparence d'un conspirateur. Petit, mince, la voix fluette, il donne plutôt, à première vue, l'impression d'un collégien timide. Mais quel changement quand il parle de la Corée ! Sa voix s'anime alors, son visage prend une expression résolue : c'est un orateur chaleureux, plein de verve et de fougue que l'on a devant soi.

M. Seu me retraça l'histoire douloureuse de son peuple martyr. Il me conta la vie mouvementée et héroïque de Bac Sontcho, le héros de l'indépendance coréenne. J'ai surtout retenu de ces récits que le plus grand ennemi de ce peuple de 23 millions d'habitants est la douceur extrême de son caractère. Il sait faire preuve cependant, dans sa résignation tolstoïenne, d'un héroïsme surprenant. Témoin ce récit :

서영해를 인터뷰한 《Le Petit Journal》 1930년 2월 18일자 기사.
인터뷰 진행자 어네스트 레이노(Ernest Raynaud)는 '파리는 망명의 수도이다'라는 제목으로 서영해를 소개했다.

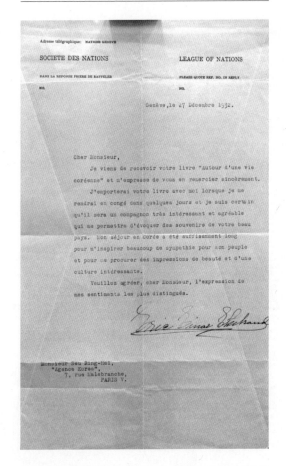

1932년 국제연맹 사무총장이 《Autour d´une vie coréenne》를 받고 잘 읽었다며 서영해에게 보낸 감사의 편지.(부산박물관 제공)

1934년 서영해가 간행간 콩트집, 《거울, 불행의 원인》.

스페인 언론지 《AHORA》 1937년 7월 9일자에 실린 서영해의 인사말.
여기에는 서영해를 중국대표로 소개하고 있다. 서영해가 중국여권을 가지고 있던
때문으로 보인다.

L'AXE BERLIN - ROME - TOKIO
MENACE sur la Chine
menace SUR LE MONDE

Les troupes nippones en marche vers Peiping.

Le drame qui se joue aujourd'hui en Extrême-Orient concerne le monde entier. Du front de Madrid à la ville de Teu-Tsin où les soldats du Mikado viennent d'attaquer un détachement français qui défendait la loi internationale, on trouve l'axe Berlin-Rome-Tokio en action contre la sécurité des nations pacifiques. Il nous a paru intéressant de demander, sur des événements qui angoissent à juste titre tous les hommes qui tiennent à la paix, l'opinion autorisée de M. Seu Ring-Haï, un jeune écrivain coréen, particulièrement informé des questions d'Extrême-Orient. L'article extrêmement documenté de Bertrand Gauthier, que nos lecteurs trouveront à la page suivante, éclaire, par ailleurs, de façon saisissante, l'action machiavélique de l'impérialisme nippon.

Conquérir l'Asie Orientale, en attendant d'exercer une influence prépondérante sur le monde entier, telle est la politique fondamentale de l'impérialisme japonais.

Avec la guerre sino-japonaise de 1898, le Japon entama la réalisation de ce programme, dont il a poursuivi systématiquement l'exécution, en passant par la guerre russo-japonaise de 1904, par son invasion de la Corée en 1910, et par son occupation de la Mandchourie en 1931.

Dès le 18 septembre 1931, c'est-à-dire dès le premier jour de son occupation mandchourienne, les chefs de l'armée japonaise se divisèrent en deux camps : les éléments vieux et modérés comme le général Oukaki conseillèrent « sagement » de limiter l'action à la Mandchourie et de consolider les positions occupées, tandis que les jeunes officiers, à la tête desquels se trouve le fameux général Araki, exigèrent qu'on poussât l'action au delà de la Mandchourie, soit dans la Sibérie Orientale contre les Soviets, soit jusqu'à la rive du fleuve Jaune dans la Chine proprement dite, sinon des deux côtés à la fois.

Ils prétendaient que, étant donné les travaux de défense férocement entrepris par les Russes et par le Gouvernement de Tokio au cours de ces dernières années : mais le Mikado conseillé par des hommes d'Etat civils, imposa silence aux jeunes officiers. Ceux-ci ne pardonnèrent jamais aux éléments modérés et civils ou militaires, dont un certain nombre a trouvé d'ailleurs la mort lors de la révolte de ces jeunes officiers il y a deux ans.

Cela explique l'action de l'armée japonaise du Kwantoung, souvent contradictoire, avec la politique du Gouvernement de Tokio au cours de ces derniers mois.

Or, aujourd'hui, la Chine a réalisé patiemment des progrès si considérables que le Japon se demande s'il ne faudrait pas passer tout de suite à l'action pour éviter le succès de son ambition en Asie Orientale. Sur ces entrefaites, la situation européenne fut gravement troublée par la guerre d'Espagne, et le Japon a décidé d'entreprendre une nouvelle étape de sa pénétration continentale, et de mettre à tout prix la main sur toute la Chine Septentrionale jusqu'au fleuve Jaune. Ainsi, il aurait une solide base de départ pour ses prochaines opérations militaires contre la Russie Soviétique.

En face de cette menace japonaise, quelle est donc l'attitude de la Chine ?

En vérité, la Chine connaît depuis longtemps les noirs desseins de l'impérialisme japonais qui ont soulevé l'indignation indescriptible du peuple chinois. Elle sait que le Japon ne respecte que la force et voit d'autres preuve de civilisation que l'art de tuer. Elle sait aussi qu'elle ne peut recouvrer son territoire perdu et prendre une place digne dans la famille des nations modernes que par une victoire militaire sur le Japon. Supportant avec stoïcisme toutes les provocations japonaises, la Chine a entrepris la rénovation nationale. La situation est aujourd'hui grandement améliorée, tant sur le terrain moral que sur le terrain matériel. L'unification nationale est maintenant un fait définitivement acquis et la coopération entre tous les Chinois sans distinction de classes et d'opinions pour défendre la patrie menacée est désormais solidement établie.

On se rappelle la fâcheuse aventure du Maréchal Tchang-Kai-Shek à Sian-Fou au mois de décembre dernier. Les troupes qui l'ont fait prisonnier n'avaient nullement l'intention d'attenter à sa vie. Elles voulaient simplement exiger de lui la résistance au Japon. L'armée rouge chinoise elle-même fit savoir au Maréchal prisonnier qu'elle était prête à accepter son commandement à condition qu'il décidât

la résistance au Japon. A cette époque, le Gouvernement de Nankin jugea nécessaire d'envoyer une expédition punitive contre les « troupes rebelles ». Mais les 450 millions d'hommes du peuple chinois s'y opposèrent comme un seul homme au cri de : « Pas de guerre civile, résistance au Japon ! ». Quand le Maréchal revint sain et sauf à Nankin, le Front populaire chinois était déjà un fait tacitement accompli. C'est là un facteur fondamental de la victoire finale.

Cependant la Chine est toujours consciente de sa faiblesse. Son industrie n'est pas encore en mesure de répondre aux besoins nationaux. Faute d'une marine puissante, elle n'a pas non plus toute sécurité dans son approvisionnement en temps de guerre. Elle a donc besoin de la paix pour achever son œuvre de réorganisation nationale. Comme on le voit, la Chine n'est pas tout à fait prête pour accepter une guerre. Elle essayera d'éviter, pour le moment, tout conflit avec le Japon afin de mieux assurer sa victoire prochaine.

Cependant le Japon ne peut pas tolérer plus longtemps la prétention japonaise de contrôler toute la Chine Septentrionale, ni ne se résoudrait à mettre la Chine à tout jamais sous la tutelle du Japon. Même si le Gouvernement de Nankin voulait encore une fois céder à la pression japonaise, le peuple chinois de le lui permettrait plus. D'ailleurs, les dirigeants chinois croient, à tort ou à raison, que la Chine est aujourd'hui capable d'opposer à l'agression japonaise une résistance sans relâche et que, d'autre part, en traînant en longueur la lutte contre l'ennemi, grâce à ses multiples ressources et à son immense réservoir d'hommes, la Chine peut venir à bout du Japon par épuisement.

Ainsi donc, la Chine acceptera malgré elle la guerre et le Japon l'y aura poussée. Or, le Japon a son plan nettement préétabli. A moins qu'il ne le modifie à la dernière minute, la guerre sino-japonaise est cette fois-ci inévitable.

SEU RING-HAÏ

《Regards》 1937년 8월 5일자에 기고한 서영해의 글.
중일전쟁이 일어나자 서영해는 '베를린 – 로마 – 도쿄의 축, 중국에 대한 위협은 곧 세계에 대한 위협이다'라는 글을 발표했다.

1937년 11월 스페인 발렌시아에서 열린 스페인문화옹호위원회에 참석한 서영해와 지인들.

1937년 스페인 국제작가협회에 서영해의 참가를 알리는 기사.

"La Corée a été la première victime de l'impérialisme japonais"

nous dit M. Seu Ring-Hai

représentant diplomatique
par IMRE GYOMAI

— Mon pays possède le doux climat de votre Côte d'Azur. Ses champs de riz s'étendent à l'infini et ses montagnes contiennent des métaux précieux, » M. Seu Ring-Hai, représentant diplomatique du gouvernement provisoire républicain de la Corée, trouve, pour parler de son pays, des accents émus et enthousiastes. Un sourire passe dans ses yeux en amande, et son visage d'un jaune d'ivoire s'empourpre légèrement.

— Savez-vous que, depuis 1895, c'est-à-dire depuis la première guerre sino-japonaise, nous sommes sous le joug nippon. Nous avons été les premières victimes de la convoitise et de l'impérialisme des fils du

M. Seu Ring-Haï

Soleil Levant. Séculairement, la Corée a toujours été l'ennemie du Japon. Nous n'avons rien de commun avec ce pays, tandis que tout, culture, religion, tradition nous rattache à la Chine. Mais notre pays, isolé géographiquement comme une main vers le Japon, lui a servi de pont pour ses conquêtes intérieures.

« D'abord, l'occupation japonaise s'était montrée assez douce. Le 29 août 1910, date qui marque l'établissement des Nippons dans notre pays, est cependant la plus tragique et la plus douloureuse de notre histoire.

« Depuis ce jour, une lutte cons-

tante, cachée, clandestine ou parfois ouverte, a animé mes compatriotes contre l'oppresseur.

« Malgré de dures répressions, rien n'a pu éteindre le sens de la liberté et de l'indépendance qui brûle dans le cœur des Coréens.

« Le 1er mars 1919, trente millions de Coréens, la nation entière, sans distinction sociales ou politiques, se soulevait comme un seul homme et proclamait la lutte ouverte pour la liberté. Le pays du matin calme devint pour quelque temps le pays de l'orage et de la tempête. Après une lutte inégale, les forces inspirées par l'amour fanatique de la liberté furent brisées et le gouvernement provisoire qui s'était installé à Séoul, notre capitale, dut quitter le pays et s'établir à Shanghaï, en acceptant l'hospitalité de notre grand voisin, la Chine.

« C'est de ce moment que commence notre action, persévérante, face au monde entier. Le Japon avait les moyens politiques et diplomatiques de dissimuler les apparences et de laisser croire au monde qu'un silence paisible régnait en Corée.

« La vérité cependant était bien différente. L'oppression, les brimades, les répressions cruelles sont les traits distinctifs de l'occupation japonaise en Corée, jusqu'à nos jours.

« Notre gouvernement, établi sur la base des principes du Front National, et qui, depuis 1939, reconnu par Tchang-Kaï-Chek, est établi à Tchoug-King, a aidé les Alliés de tous les moyens, bien insuffisants, hélas, dont il disposait. Quatre cent mille déserteurs, quittant la Corée, s'étaient engagés dans les rangs chinois. Des actes de sabotage dans le pays, la lutte des partisans contre les colonnes japonaises ne sont succédé durant tout le temps de la guerre.

« Nos émissaires, qui réussissaient à gagner le pays malgré le cordon de policiers qui l'enserrait, avaient réussi à organiser la Résistance sur

une grande échelle. Par cette lutte, nous avons donné au monde entier la preuve que le pays du matin calme était bien mérité sa liberté et son indépendance.

« Et cette liberté, j'estime qu'elle a été prononcée le 14 août 1945, le jour où le Japon a accepté les conditions de sa capitulation.

« C'est pourquoi je me permets, par la voie de Ce soir et pour la première fois depuis dix ans que je représente ici et à Londres le gouvernement républicain de mon pays, de faire une déclaration publique. Et je me hâte d'exprimer notre gratitude à la France républicaine qui, sur le chemin âpre et douloureux qui nous a conduits à la liberté, nous a tant aidés.

« Je suis persuadé que, dans un proche avenir, dans le monde entier son véritable visage et que, ce jour-là, nous aurons en Extrême-Orient la même mission que la France en Occident, unique pour nous sommes amies depuis de nombreuses années du même amour pour la Justice, la Liberté et la Patrie !

« Je ne doute pas que les Trois Grands qui sont destinés à refarger le monde, sur les bases de la vraie démocratie, n'assurent l'indépendance de la Corée, en la mettant à l'abri des convoitises impérialistes. Ainsi, après tant de tempêtes extérieures et intérieures, la Corée pourra-t-elle enfin devenir vraiment le pays du matin calme ! »

UN TRAITÉ D'ALLIANCE ET D'AMITIÉ SOVIETO-CHINOIS A ÉTÉ CONCLU HIER

Moscou, 15 août. — A la suite du retour au monde entier, à l'issue de la conférence de Berlin, le 14 août, un traité d'amitié et d'alliance a été signé entre l'U.R.S.S. et la République chinoise.

En outre, un accord complet a été réalisé sur toutes les questions présentant un intérêt commun.

L'U.R.S.S. RÉTABLIT les relations diplomatiques avec la Bulgarie

Moscou, 15 août. — Le colonel-général Biriouzov a annoncé à M. Guéorguiev, chef de la délégation bulgare, la décision du gouvernement soviétique de rétablir les relations diplomatiques avec la Bulgarie.

Cette décision est motivée par le fait que la Bulgarie participa à la guerre contre l'Allemagne à partir de septembre 1944 et s'est engagée dans les conditions prévues par les accords d'armistice.

파리에서 광복을 맞이한 서영해가 1945년 8월 16일자로 《Ce soir》에 '한국은 일본제국주의의 최초의 희생자였다'는 제목으로 기고한 글.

경교장을 방문한 죠지 피치 박사와 함께(1947. 7. 24).
뒷줄 오른편에서 네 번째가 서영해

경교장에서(1947. 9).
뒷줄 왼편에서 다섯 번째가 서영해, 그 옆이 라리보 주교, 한 사람 건너가 노기남 주교.

경교장을 방문한 UN한국임시위원단과 함께(1948. 2. 6).
뒷줄 오른편에서 첫 번째가 서영해

예술공연을 마치고(시기와 장소미상).
둘째줄 오른편에서 세 번째가 서영해(홍소연 제공)

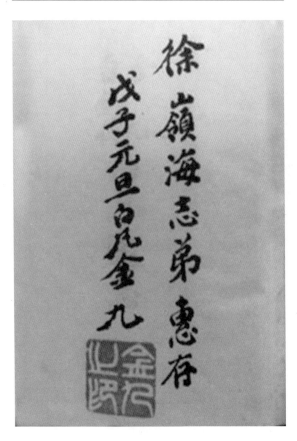

1948년 원단 백범이 서영해에게 《백범일지》를 건네면서 써 준 친필 서명.
(국립중앙도서관 소장)

1955년 상해 조선인민인성학교 필업기념, 1956년 7월 7일 촬영(홍소연 제공).
둘째 줄 왼쪽에서 두 번째가 서영해

서영해,
파리에서 자유와 독립의 꿈을 이루다

장 석 홍
국민대 한국역사학과 교수

*   이 글은 필자가 파리에서 작성한 〈대한민국임시정부 주불특파위원, 서영해의 독립운동〉
《한국근현대사연구》 84, 2018. 3)에 새로운 자료를 추가하고, 부산박물관 소장 〈서영해 자
료〉를 활용해 재작성한 것이다. 〈서영해 자료〉는 부인 황순조 여사가 보관해 오던 것으로,
경남여고 역사관을 거쳐 2018년 부산박물관에 기증 의뢰한 것이다. 그리고 최근에 발표된
최지효, 〈부산박물관 '서영해 자료'〉《박물관연구논총》 24집, 2018.12)와 김민호, 〈서영해
의 재불 선전활동과 독립운동〉《서강인문논총》 53, 2018. 12)을 참고했음을 밝혀둔다.

파리에서 한국역사소설 《Autour d'une vie coréenne》를 간행하다

서영해는 1924년 프랑스 보배Beauvais에서 중학교를 다닐 무렵 퇴학당할 뻔한 일이 있었다. 역사시간에 프랑스 교사가 "6백만 명의 한국인들은 천성이 게을러 조상이 전해 준 문화유산을 지키지 못해, 지금 형체도 없게 됐다"라고 강의하자, 그가 책을 집어 던지며 반박하다가 문제가 생긴 것이다. 이 일로 교장이 그를 퇴학시키려 했으나, 평소 서영해를 아끼던 보습 교사의 도움으로 간신히 퇴학을 면할 수 있었다.

교장이 "그렇다면 한국이 그런 나라가 아니라는 것을 증명해 보라"는 말에, 그는 4개월 동안 한국 역사를 공부한 뒤 교장 및 교사들과 학생들 앞에서 1시간에 걸쳐 한국의 역사와 문화를 발표했다. 서영해의 발표에 감동한 교장은 "외국에 나가 있는 프랑스 학생들도 서영해를 본받아야 할 것, 그동안의 프랑스 교과서가 잘못됐다는 것, 한국인이 게으르지 않은 것은 서영해를 통해 증명됐다"면서 칭찬을 아끼지 않았다고 한다.[1] 아버지가 한국에서 부쳐준 생활비를 받을 때보다 더 기뻤다고 회고할

---

1   서영해, 〈海外서 지낸 十五星霜을 도라다보며〉, 53쪽(부산박물관 소장 자료) ; 서
     익원, 〈최초의 불어 소설 쓴 서영해는 이런 인물〉 중, 《주간한국》, 1987. 3. 22.

만큼, 이때의 일은 서영해에게 새로운 전기를 마련하는 계기가 됐다. 이후 서영해는 한국의 역사 문화와 독립운동을 유럽에 알리는 것을 최고의 목표로 삼았다. 그것이 한국독립을 위한 길이라 믿었던 것이다. 그리고 그 때의 발표 원고를 소설로 확장한 것이 바로 한국역사소설 《Autour d'une vie coréenne》이다.[2]

서영해는 1929년 자신의 숙소인 말브랑쉬 7번지에서 고려통신사Agence Korea를 설립하고, 첫 사업으로 이 역사소설을 간행했다.

1920년 청운의 꿈을 품고 파리에 유학할 때만 해도 프랑스어를 전연 몰랐던 그가 9년 만에, 그것도 유창한 프랑스어로 한국역사소설을 썼다는 사실이 놀라울 따름이다. 그가 프랑스어를 공부한 기간은 채 10년이 안 된다. 그러나 이 책에서 구사하고 있는 프랑스어 어휘와 문장은 매우 고급스럽고 유려하다. 그래서인지 이 책이 간행되자 프랑스 언론과 문단의 반응은 뜨거웠다.

간행 직후 《Les Nouvelles littéraires, artistiques et scientifiques》(1929. 12)을 비롯해 《Revue historique》(1930. 1),《Le Petit Journal》(1930. 2. 18) 등 프랑스 언론

---

2   서영해, 〈海外서 지낸 十五星霜을 도라다보며〉, 53쪽.

에 소개되면서, 서영해의 작품은 일약 화제작으로 떠올랐다. 이 책이 나올 무렵 유럽은 세계대공황으로 최악의 경제적 위기가 불어 닥치고 있었다. 그런 불황에도 정가 15프랑의 이 책은 1년 만에 5판을 인쇄할 만큼 인기 작품으로 부상했다.

《Le Petit Journal》은 화제의 작가 서영해를 인터뷰한 내용을 장문의 기사로 내보냈다. 인터뷰 진행자 어네스트 레이노Ernest Raynaud는 '파리는 망명의 수도이다'라는 타이틀 아래 서영해를 다음과 같이 묘사했다.

　　나는 팡테옹Panthéon 근처의 조그만 쪽방에서 서영해를 만났다. 한국의 독립운동가인 그는 외견상 어떤 음모를 꾸미거나 권모술수 같은 것을 쓸 사람으로 보이지 않았다. 마르고 왜소한 체구에 가느다란 목소리의 소유자였다. 마치 수줍은 중학생과 같은 첫인상이었다. 그러나 한국을 말하기 시작하자 그의 태도는 깜짝 놀랄 정도로 변했다. 갑자기 그의 목소리는 활기를 띠고 얼굴은 단호한 표정을 지으며, 어느덧 열정적인 웅변가로 바뀌었다. 서영해는 일본의 침략으로 한국인들이 받는 고통과 수난의 이야기를 열어 나갔다. 그리고 한국 독립운동가인 주인공 박선초의 수난

과 영웅적인 삶을 말했다.[3]

중학생과 같은 첫 인상의 서영해는 실제 160센티미터의 단신으로 체구도 왜소했다. 그러나 한국독립운동에 대한 열정만큼은 누구보다 강렬하고 뜨거웠다. 인터뷰의 화두도 자연스럽게 한국독립운동에 초점이 맞춰졌다. 소설의 주인공인 박선초는 실존 인물이 아니었으나, 어느 누구도 그를 가상의 인물이라 여기지 않았다.

때문에 이 책은 프랑스인에게 한국의 역사 문화와 독립운동의 진실을 전달하는데 강렬한 호소력을 지녔다. 특히 이 책 3부에서 다룬 3·1운동에 대해 어네스트 레이노는 놀라움을 표시했다. 3·1운동에서 드러난 자유와 인도주의, 명예를 위한 한국인의 정신에 아낌없는 찬사를 보내면서, 한국인은 '지구상에서 가장 착한 사람들 …'이라는[4] 말로 기사를 끝맺었다. 이처럼 이 책은 프랑스인들에게 픽션의 소설이 아니라 역사의 진실로서 전달되고 있었다.

근래 새롭게 발굴한 자료에 의하면, 서영해의 한국역사소설은 프랑스를 넘어 스페인에서도 주목을 받았다.

---

3   Ernest Raynaud, 'PARIS capitale de l'exil', Le Petit Journal, 1930. 2. 18, p. 2.
4   'Le peuple le plus doux de la terre …'

스페인 언론지 《EL Sol》(1929. 12. 20)은 이 책에 대한 서평을 다음과 같이 실었다.

모든 한국인들은 일본의 정치적 지배를 받는 것에 매우 예민한 반응을 보이며 강한 저항 의식을 지니고 있다. 한국은 1876년 이래 일본의 침략을 받다가 1910년 일본의 식민지로 전락했다. 일본은 가장 폭력적인 정치적 방법으로 한국을 지배했다. … 서영해의 이 작품에 등장하는 주인공 박선초는 젊은 지식인으로, 15세부터 조국의 독립을 위해 투쟁했다. 박선초는 아버지의 권유로 15세 때 일본으로 유학을 갔다. 그런데 수업시간에 한국을 식민지로 지배해야 한다는 교사의 말에 크게 반발한 것이 독립운동에 나서는 계기가 됐다. 박선초는 한국을 대표하는 지성인으로, 일본의 탄압을 피해 해외로 망명한 뒤 조국의 해방운동을 이끌어 나갔다. 박선초는 베르사유강화회의에 기대를 걸고 대표단을 파견했으나 결과는 허망할 뿐이었다. 그는 베르사유에서 한국의 독립이 무망해지는 것을 절실히 느꼈다. … 박선초는 자유를 위한 투쟁의 역사를 세계에 바쳤으며, 1921년 일본 경찰에 의해 죽임을 당했다. 한국인의 가슴에는 박선초라는 이름이 영원히 남을 것이다. 일본은 오늘날까지 한국인들을 지배하고 있다.

서영해의 소설에서 표현되는 문장들은 마치 아름다운 시와도 같다. 이 책은 한국 정치사에 대한 단편적인 요약본이다. Cheng tcheng〔盛成: 역자주〕과 같이 동양의 아름다운 문학, 그리고 감미로움, 풍물, 풍작 등의 훌륭한 예시들이 풍부하게 담겨져 있다.

《EL Sol》의 서평은 이 책이 발간된 직후인 1929년 12월 20일자로 나온 것이다. '한국역사소설'이라는 제목과 내용이 신선했던지, 주인공인 박선초를 실존 인물처럼 다루는 것이 인상적이다. 서평의 내용도 한국의 독립운동을 소개하는데 많은 지면을 할애했다. 그리고 이 작품의 문장이 '아름다운 시'와 같다며 극찬하는 한편 '한국 정치사의 요약본' 또는 '동양의 풍습에 대한 훌륭한 예시' 등으로 책의 의미를 부여했다. 짧은 글이지만, 이 책의 정곡을 짚어낸 서평이 아닐 수 없다. 서영해의 역사소설은 이렇게 프랑스와 스페인에서 크게 주목을 받았다. 후일 서영해가 스페인의 국제작가대회에서 활동할 수 있었던 것 역시 이런 명성을 바탕으로 가능했다.

이 책은 서영해가 작가로서 만이 아니라 국제정세의 전문가로 인정받는 기회를 제공했다. 《L'Intransigeant》는 1930년 4월, 〈파리와 제네바 … 한국인이 본 프랑스〉

라는 제목 아래 서영해와 인터뷰 내용을 실었다.[5]

24세의 젊은 한국인이 프랑스어로 쓴 이 책은 이제까지 프랑스 작가들이 서술한 것과 다른 관점에서 극동을 다루고 있다는 점에서 아주 흥미롭다. 그의 문장은 간결하지만 매우 심오한 뜻을 지니고 있다. 그는 우리에게 시적詩的 운율과 자신의 조국에 대한 애국심, 민족에 대한 열망이 어떠한지를 잘 보여 주고 있다. … 그는 미래의 전쟁을 막을 수 있는 최선의 방법은 민족과 민족 간의 불이해와 그로 인한 충돌을 없애야 한다고 말한다. 그리고 문학이라는 틀에서 그것을 진솔하게 전달하고 있다. 그는 동양과 서양이 서로를 알지 못했으며, 알려고도 하지 않았다면서 그로 인한 반목과 갈등이 결국 커다란 위험을 불러 일으켰다고 지적했다.

서영해의 나이를 24세라 한 것은, 프랑스로 유학할 때 사용한 중국 여권에 나이를 두 살 줄여 1904년생으로 신고한 때문이었다. 이 역사소설은 프랑스인들의 기존 극동관과 사뭇 달랐던 점에서 흥미를 이끌어낼 수 있었다.

---

5   Aline BOURGOIN, Paris-Genève N° 2… Où la France vue par un Coréen , L'Intransigeant, 1930. 4. 2, p.10.

이전까지 프랑스인들은 주로 일본에 의해 한국을 보아 왔으나, 이 책을 통해 비로소 한국 역사 문화의 진실을 접할 수 있었던 것이다. 당시 일본은 한국 역사 문화에 대한 왜곡을 유럽에서도 집요하게 선전했다. 그들은 한국이 자주 독창적인 역사와 문화가 없는 중국의 오랜 속방으로, 근대에 이르러 일본의 식민지배를 받으며 비로소 문명진보를 이룰 수 있었다고 왜곡했다. 조선총독부는 아예 이런 내용을 담은 선전 책자를 프랑스어판으로 발간해 뿌리기도 했다. 그런데 서영해의 역사소설이 그것을 통쾌하게 물리친 것이다.

프랑스인들은 이 책의 간결하고 유려한 문장이 시적 운율을 지니며 심오한 뜻이 담겨져 호소력을 배가시킨다는 평가를 아끼지 않았다. 문학 형식을 빌어 한국 역사 문화에 대한 진실을 공감하도록 이끌어낸다는 극찬도 따랐다.

프랑스 언론은 서영해의 탁월한 국제정세관에도 경탄해 마지않았다. 인터뷰 진행자 알린 부르공Aline Bourgoin이 '한국의 문학을 굳이 프랑스어로 번역했는가'를 묻자, 서영해는 "나는 파리를 제2의 제네바로 생각한다. 파리는 제네바와 함께 유럽의 정치적 수도이다"라 답했다. 이어 "나는 유럽을 세 지역으로 구분한다. 영국, 독일, 프랑스 그리고 영국의 4촌이라 할 수 있는 미국을 추가한다"는 나름의 관점을 제시했다. 그러자 "4개국 가운데 황인종(동양)의 신비함에 어느 나라가 가장 빨리 주도권을 잡을 것으로 전망하는가?"의 물음에, 그는 "프랑스는 심오하지만 간결하며, 넓고 큰 정신의 세계를 가지고 있기 때문에 동양을 이해할 수 있는 필요조건을 갖추고 있다", 반면에 "영국은 심오함은 있으나 편협하고, 독일은 그의 반대다. 독일은 정신세계가 넓으나 간결함이 너무 부족하다. 미국은 정신도 광대하고 간결함도 있으나 심오함이 없다"라고 명쾌하게 정의했다. 문화의 깊이와 폭, 정신을 기준으로 4개국을 분석한 청년 서영해의 안목은 유럽과 미국의 문화를 꿰뚫는 혜안까지 지니고 있었던 것이다.

인터뷰 말미에, 서영해는 "곧 한국의 민담집(콩트집)을 책으로 낼 것"이라는 향후 계획과 함께 "내가 프랑스에 있는 것이 오로지 나의 조국을 외국에 알리기 위한 것만으로 생각하지 말아 달라"는 당부를 빼놓지 않았다. 그러자 알린 부르공은 "8년 전 프랑스에 온 서영해가 이 책을 통해 프랑스의 진면목을 이해하고 있다는 점에서 프랑스 국민으로서 그를 자랑스럽게 생각하지 않을 수 없다"면서 인터뷰를 마쳤다. 이처럼 서영해는 한국을 프랑스에 알리는 것에 그치지 않고 휴머니즘에 의거한 인간의 자유, 평화를 지향하고 있었으며, 또 그 속에서 프랑스의 가치를 발견해 내기에 이르렀다. 이로서 서영해는 작가를 넘어 극동문제 전문가로 이름을 얻을 수 있었다.

《Autour d'une vie coréenne》는 어떤 책인가

이 책은 3부로 구성되었다. 1부는 42세기 동안 한국의 역사 문화와 근대 한국의 정세와 혁명, 2부는 한국의 아름다운 풍광과 전통 풍습, 3부는 주인공 박선초의 독립운동과 3·1운동을 다루고 있다.

이 책의 특징은 역사인 듯하면서 소설이고, 소설인 듯하면서 역사의 진실을 담아내고 있는 점이다. 그렇게 볼 때 이 책은 역사와 소설의 경계에 있다고 해도 틀리지 않을 것이다. 이 책의 머리 부분에서 한국의 '전설적' 역사라면서도, 사실은 진실에 기초하기 때문에 '전설적' 역사란 표현이 부적절하다는 서술은 그런 모습을 잘 보여주고 있다.

주인공 박선초는 역사상 실재 인물이 아니라 가상의 인물이다. 그러나 소설의 가상 인물이라 하기에는 한국의 역사적 진실을 상징하는 캐릭터를 지니고 있다. 박선초는 한국근대사에 등장하는 여러 인물을 복합적으로 조합한 성격의 인물이었다. 어릴 적 이야기에는 서영해의 자전적 경험을 투영하고 있으며, 혁명과 독립운동의 이야기에는 그것을 종합한 성격과 특징을 나타내고 있는 것이다. 박선초가 추구한 자유와 정의, 그리고 평화와 인도주의는 곧 한국독립운동의 정의이자 철학을 상징하는 것이었다.

주목할 것은 3·1운동 때의 〈독립선언서〉 전문을 번역해 대미를 장식하고 있는 점이다. 그것은 허구가 아닌 역사의 실상이었다. 한국이 1919년 3·1운동을 통해 '독립'을 선언했으며, 중국 상하이의 프랑스 조계지에서 대한민국임시정부가 세워졌음을 당당히 밝히고 싶은 서영해의 진실을 담고 있었던 것이다.

물론 이 책에서 설정하고 있는 역사적 내용이 사실과 어긋나는 게 없지 않다. 김옥균 등의 개화파가 1905년 을사늑약을 전후한 시기에 활동했다던가, 그런 혁명이 실제 있었는가, 또 혁명의 과정에서 동학과 연대를 이뤘다든지 등 역사적 사실과 다른 부분이 있는 것이다. 그렇지만 이런 내용들이 결코 이 책의 가치를 손상시키는 약점이 될 수는 없다.

그것을 놓고 작품의 구성이 허술하거나 빈약하다고

지적하는 경우가 있으나, 중요한 것은 그가 그런 역사적
관계 및 사실을 몰랐을 리 없었다는 점이다. 서영해가
이 책을 쓰면서 교재로 삼았던 1919년 9월 편찬한《한일
관계사료집》에는 역사적 사실이 체계적으로 정리되어
있었다. 그런 사실은 서영해의 장서를 소장 중인 국립중
앙도서관의 '영해문고'에《한일관계사료집》이 있는 것을
통해서도 확인된다.

서영해의 이 책은 프랑스인에게 한국의 역사 문화와
독립운동을 알리는데 초점을 둔 것이었다. 서영해 자신
도 5년 후 간행한《Miroir, cause de Malheur(거울-불행
의 원인)》(Figuiere, 1934)[6]의 서문에서 그런 사실을 밝히
고 있다.

이 책은 나의 첫 작품인《어느 한국인의 삶》을 쓸 때와
같은 생각에서 비롯한 것이다. 첫 책을 쓸 때 나는 그 이유
를 독자들에게 굳이 설명할 필요를 느끼지 않았다. 프랑스
어는 나의 모국어가 아니므로 자연 서투를 수밖에 없어 선
뜻 책을 쓸 용기가 나지 않았다. 물론 지금도 완전하지 못
함을 고백하지만, 그럼에도 주저함 없이 써야 했던 것에는

---

6   《Miroir, cause de Malheur》(Figuiere, 1934)은 1973년 새문사(서울)에서 복간되
    었다.

그럴만한 이유가 있었다. 유럽의 독자들에게 한국을 알리는 일을 지체할 수 없었고, 그것은 나에게 있어 양심의 행동이자 의무라 여겼기 때문이다. 야만적인 일본제국주의에 의해 희생당하고 있는 2천 3백만 명 한국인들의 슬픈 현실과 과거 오랜 전통의 한국역사문화를 알리는 일이 필요했다. … 나는 동서양 사이를 가로막는 서로의 무지와 몰이해를 극복하고 알리는데 모든 열정을 쏟아내고 싶을 뿐이다.

서영해는 한국인으로서 '양심의 행동과 의무'를 다하기 위해 이 책을 썼던 것이다. 즉 한국의 역사 문화가 42세기 동안 찬란하게 꽃피웠으며, 아름다운 풍습과 자연환경을 지녔으나, 일제의 침략으로 나라를 빼앗긴 후 치열하게 독립운동을 펼치고 있는 한국인의 처지를 알리고 싶었던 것이다.

그 과정에서 그는 한국에도 혁명의 조짐이 일었음을 알리기 위해 단지 1884년의 갑신정변과 1894년의 동학농민전쟁 등을 함께 묶어 서술했을 뿐이다. 사실 전달에 얽매이다 보면 자칫 장황해질 수 있는 것들을 생략하고, 그 진실의 원천을 알리고 싶었던 것에 중점을 두었던 때문이다. 복잡하게 얽힌 이야기를 쉽게 전달할 수 있는 의도이기도 했을 것이다. 서영해가 이 책을 군이 한국역

사소설이라 명기한 것은 그런 고민의 반영이었다고 봐
야 할 것이다.

서영해가 42세기 동안 이어져 온 한국의 역사 문화를
강조한 것은 한국인이 문명 민족이었음을 밝히기 위해
서였다. 이는 《한일관계사료집》과도 맥락을 같이 한다.
즉 고유한 문명민족의 역사와 문화를 통해 독립의 정당
성을 내세우려 했던 것이다. 때문에 이 책은 한국독립을
위한 선전 및 홍보 책자라 해도 틀리지 않았다. 서영해
는 프랑스 폴 뒤메르Paul DOUMER 대통령을 비롯해[7] 국제
연맹이나 유럽 각국의 지도층 인사들에게 기회가 있을
때마다 이 책을 널리 배포했다. 그리고 국제연맹 사무총
장, 평화와 자유를 위한 국제여성연맹, 체코 대통령, 파
리주재 중국총영사, 제네바 국립도서관 등으로부터 이
책을 통해 비로소 한국의 역사 문화와 독립운동의 진실
을 이해하게 됐다는 감사의 편지를 받을 수 있었다.[8]

이 책은 한마디로 프랑스를 비롯해 유럽 무대에서 한국의
역사 문화와 독립운동의 정신을 알리기 위한 외교 선전상 최
고의 텍스트였던 것이다.

---

7   이 책을 초판할 당시 고급 양장본 20권을 제작해 그 중 한 권을 프랑스 대통령에
     게 증정했다.
8   감사의 통신과 편지들은 부산박물관에 소장되어 있다.

서영해, 프랑스에 유학하다

이제 이 책의 저자인 서영해를 알아보기로 한다. 서영해는 1920년부터 환국하는 1947년까지 27년 동안 프랑스를 비롯해 스페인, 스위스, 벨기에 등을 무대로 독립운동을 펼쳤으나, 정작 그의 삶은 오랫동안 신비에 쌓여진 채 가리워져 있었다. 서영해의 삶은 그가 전개한 독립운동은 물론 이 책을 이해하기 위해서라도 조명할 필요가 있다.

서영해의 본명은 서희수徐羲洙이다. 그는 1902년 부산 초량에서 한약방을 운영하는 아버지 서석주의 8남 2녀 중 넷째 아들로 태어났다. 그의 아버지는 독약인 부자附子를 적절히 처방해, 부산 일대에서 이름난 한의원이었다. 중국인들의 거주 구역에서 살았던 때문에 '청관淸館의 서부자徐附子'라 불리우기도 했다. 경제적으로 부유한 아버지 밑에서 서영해는 동래보통학교와 화교학교를 다닌 것으로 알려져 있다. 그러다가 3·1운동이 일어나자 만세운동에 참가한 뒤 1919년 18세의 나이로 상하이로 망명했다. 그런데 소년의 나이로 왜 망명의 길을 택했는지 궁금하지 않을 수 없다. 서영해는 1935년 무렵 파리에서 〈海外서 지낸 十五星霜을 도라다보며〉라는[9] 제목의 자필 회고록을 남긴 바 있다. 이 회고록은 주로 유학 생활 및 일상을 담고 있지만, 망명할 무렵 "따뜻한 부모의 슬하를 떠나는 것도 주저치 않았다"며 자신의 심경을 술회하고 있다. 그러나 그런 결심을 굳히게 된 이유는 여전히 의문으로 남는다. 서영해의 자전적 경험이 투영된 이 책은 그런 의문에 조금이라도 단초를 제공한다. 다음은 소설의 주인공 박선초의 어린 시절 이야기를 요약한 것이다.

박선초는 부잣집 장사꾼의 아들로 태어났다. 상인의 아들인 그는 어린 시절 양반사회에 대한 모순을 몸으로 느끼며 자랐다. 아버지는 새로운 시대를 살아갈 어린 그에게 특히 교육을 많이 시켰다. … 학교에서 그는 양반 출신 아이들로부터 상놈이라는 이유로 심한 모욕과 멸시를 당해야 했다. 그러나 그는 어떠한 항변도 할 수 없었다. … 그는 어머니에게, 모든 인간은 평등한데 왜 이런 차별을 받아야 하는가를 물었다. 부모들은 눈물을 흘리며 양반과 상놈의 차이를 말해 주었다.[10]

---

9   이 회고록은 현재 부산박물관에 소장되어 있다.

10   "Autour d'une vie coréenne", AGNECY KOREA, 1929, pp. 15~22.

서영해는 이 책에서 유독 '양반'과 '상놈'의 신분 차별에 많은 부분을 할애하며, 조선 신분제도의 모순을 강하게 비판하고 있다. 한약방집 아들인 서영해는 박선초와 마찬가지로 평민(상놈)이었다. 주인공 박선초를 한약방집이 아니라 장사꾼의 아들로 묘사한 것은 프랑스 독자들을 염두에 두고 유럽의 부르주아를 의식한 설정으로 여겨진다. 이 책에서 서술하듯이 그가 학교를 다닐 무렵 한국 사회는 반상 차별의 구시대적 인습이 온존하고 있었다. 불평등한 사회에 항거하는 박선초의 모습은 어쩌면 서영해의 자화상이었을지 모른다. 어린 마음에도 불평등한 구시대적 인습은 그에게 씻을 수 없는 상처로 남았을 것이다. 그 뿐이 아니었다. 그에게 식민지 한국은, 최소한의 자유마저 박탈당한 '거대한 감옥'이나[11] 다름없었다. 결국 그는 불평등한 사회와 감옥이 되어버린 식민적 사회의 모순을 타파하기 위해서는 독립운동의 길밖에 없다는 것을 깨닫기에 이르렀다. 그것은 가상의 허구가 아니라 서영해 자신의 독백이라 해도 틀리지 않을 것이다. 실제로 그는 3·1운동이 일어나자 만세운동에 참가한 뒤 18세의 나이로 대한민국임시정부가 있는 중국

---

11   Seu Ring Hai, ˙LE PROBLÈME CORÉEN˙, Esprit : revue internationale, 1933. 12, pp. 391~400.

상하이로 망명을 단행했다. 소설의 설정과 서영해의 행로는 이처럼 겹쳐져 있었다.

망명할 무렵 그는 '영해領海'라 이름을 바꾸었다. 감옥 같은 영토領土를 넘어 영해領海를 향한다는 뜻이었는지, 잃어버린 나라를 되찾기 위해 '태산과 심원한 바다'처럼 기개를 키우겠다는 포부였는지 정확히는 모른다. 하지만 이름을 바꾸면서까지 망명을 단행한 것에서 결연한 의지를 살필 수 있다.

서영해가 상하이에서 보낸 시기는 대략 1년 반 정도였다. 그는 집에서 부치는 생활비로 지내면서, 아버지와 친분이 있던 독립운동가 장건상張建相(1882~1974) 등의 권유로 프랑스 유학을 준비한 것으로 보인다.

그런데 모두들 미국 유학을 선호하던 것과 달리 그는 왜 프랑스 유학을 선택했을까?

당시 파리는 국제외교의 중심지였으며, 프랑스어는 국제외교의 공용어였다. 그러나 막상 독립운동계에서 프랑스어를 구사하는 사람이 드물었다. 거기에 파리에서 활약하는 파리위원부의 소식들이 임시정부에도 전해지고 있었다. 아마도 그는 파리에서 펼쳐지는 독립운동의 상황을 지켜보면서, 파리 유학을 결심했던 것으로 여겨진다.

주목할 것은 그의 유학이 단지 지식이나 학문을 얻기 위한 것이 아니었다는 점이다. 서영해는 처음부터 독립운동을 목표로 유학길에 올랐던 점에서 남달랐다. 그에게 유학은 곧 독립운동을 위한 준비 과정인 셈이었다. 이는 서영해가 선택한 운명이자, 필연의 길이었다. 그는 이때의 심정을 "구체적 계획은 없었지만, 내 이름처럼 태산을 끼고 북해를 넘는 기개로 흉중은 세계정복이라는 포부로 가득 찼다"고 회고한 바 있다.[12]

서영해가 상하이에서 파리를 향해 떠난 것은 1920년 11월 6일이었다. 그는 한 달 넘게 항해한 뒤 1920년 12월 13일 프랑스 남부의 마르세이유Marseille에 도착했다. 그리고 얼마간 파리에 머물다가, 파리위원부 주선으로 파리 북쪽 70킬로미터에 위치한 보배Beauvais에서 초등학교Ecole élémentaire·중학교Collége를 마치고 샤르트르에서 고등학교Lycée 과정을 다녔다. 서영해는 〈海外서 지낸 十五星霜을 도라다보며〉에서 유학 생활을 자세하게 기록해 놓았는데, 이에 의거해 학창시절을 정리해 보면 다음과 같다.

12   서영해, 〈海外서 지낸 十五星霜을 도라다보며〉, 4쪽 ; 원희복, "독립운동가 서
      영해 손녀 찾았다", 《주간경향》《광복 70년 특별기획 Ⅱ 수지의 뿌리찾기 아리랑》,
      2015. 8. 12.

당시 프랑스는 유치원, 초등학교, 중학교, 고등학교 과정이 11년이었으나, 1921년 서영해는 유치원 과정을 건너 떼고 초등학교 과정인 10반에 들어갔다. 그는 보배에서 중학 과정을 마친 뒤 1926년 1월 파리 남서쪽 80킬로미터에 위치한 샤르트르시의 리세 마르소Lycée Marceau로 전학해 고등학교 과정을 마쳤다.[13] 프랑스의 명문학교인 리세 마르소의 연원은 16세기 초·중등학교에서 시작된다. 1887년 리세로 승격된 뒤 1893년 리세 마르소로 공식 개명했다. 이 학교 출신으로 1789년 프랑스대혁명 당시 유명한 장군 마르소의 이름을 따서 학교명을 지은 것이다. 그 역사를 말하듯이 이 학교의 건물은 프랑스 문화재로 지정되었으며, 유명 인사들을 많이 배출한 학교였다. 서영해가 정든 보배를 떠나 이 학교로 옮긴 것은 자칫 나태해질지도 모르는 상황에서 자신을 보다 채찍질하려는 뜨거운 학구열에서 선택한 길이었다.[14]

당시 프랑스의 중등 과정은 엄격한 규율 아래 교내 기숙제가 일반적이었다. 학생들의 일과는 오전 6시 기상하고 오전 8시부터 오후 4시까지 정규 수업을 받은 뒤 오

---

13 서영해, 〈海外서 지낸 十五星霜을 도라다보며〉 ; 서산정석해간행위원회, 《서산(西山) 정석해-그 인간과 사상》, 연대 출판부, 1989. 정석해는 1924, 5년 무렵 다른 유학생들이 대학을 다닐 때 서영해가 고등학교를 다녔던 것으로 기록하고 있다.
14 서영해, 〈海外서 지낸 十五星霜을 도라다보며〉, 61~62쪽.

후 5시부터 8시까지는 자습 시간으로 이어졌다. 그래서 병영생활이라 불릴 정도였다.[15] 이런 기숙생활은 서영해가 밤낮으로 프랑스어를 익히는데 더할 수 없이 고마운 곳이었다. 또 어린 아이들과 어울리며 자연스럽게 프랑스 말과 문화를 접할 수 있는 이점도 있었다. 서영해는 어린 아이들과 함께 지낸 이 때가 활동사진처럼 생생하게 뇌리에 남아 있다면서 공부보다 더 재밌던 일이라 회고하기도 했다.[16] 그는 체력 단련을 위해서도 남달리 힘을 쏟았다. 특히 축구를 좋아했던 그는 리세 마르소 학창 시절 프랑스 축구협회 회원으로 활동하기도 했다.[17]

리세 마르소를 마친 서영해는 1926년 파리 소르본느 대학 철학과 진급시험에도 합격했다. 그러나 경제적 후원자인 아버지가 1925년에 사망한 뒤 학비 조달이 어렵자, 학교를 중퇴하고 아르바이트를 해야 했다. 그는 포도농장 인부·식당 급사 등을 거쳐 도서관에 일자리를 구할 수 있었다. 그가 하는 일은 '묵은 신문을 종류와 날짜별로 정리하는 것'이었다. 그러던 어느 날 프랑스 여

---

15 김법린, 〈세계 각국의 학생생활, 모든 행동이 군대식화, 불란서의 학생생활〉, 《별건곤》 제14호, 1928년 7월 1일.

16 서영해, 〈海外서 지낸 十五星霜을 도라다보며〉, 21~33쪽.

17 〈프랑스 축구협회 등록증〉 1926. 1. 23. 그는 리세 마르소 소속으로 협회에 등록되어 있다.

기자가 신문에 한국을 폄하하는 기사를 싣자, 반박하는 글을 신문에 기고한 것을 계기로 기자로서 첫발을 내딛었다.[18]

이 무렵 주목할 것은 서영해가 1927년 말부터 1928년 4월까지 로렌지방의 뫼르트에모젤Meurthe et Moselle도의 롱귀Longwy에서 노동자 허가증을 받은 사실이다.[19] 롱귀는 벨기에·룩셈부르그와 인접한 프랑스 북동부 로렌 지방의 중심 도시이다. 그가 롱귀에 머물렀던 기간은 대략 5개월이다. 롱귀에 갔던 배경과 관련해서는 1929년 1월 러시아에서 윤해가 프랑스 공산당 중앙위원에게 보낸 서신을 통해 대략적이나마 살필 수 있다.[20] 윤해는 1919년 파리강화회의가 열릴 때 연해주 대한국민의회에서 파견한 인사였다.[21] 그는 1920년 초 파리위원부의 일원으로 프랑스 스위프에서 재법한국민회의 결성에 참가했

---

18 서익원, 〈최초의 불어 소설 쓴 서영해는 이런 인물〉 중, 《주간한국》, 1987년 3월 22일.

19 부산박물관 소장 자료. 롱귀 경찰서장 발급, '서영해 등록부 기재 초본'(1927. 12. 3) ; '서영해 노동자 농민연금 신분증'(1928. 1. 31) ; 최지효, 앞의 글, 191쪽.

20 〈C. YAVORSKY(Youn Hai)가 P. C. F.에 보낸 서신〉, 1929년 1월 10일.(국가보훈처 소장 자료) ; 이장규, 앞의 글.

21 신행선, 〈대한국민의회 밀사 윤해와 고창일의 시베리아 횡단기〉, 《한국민족운동사연구》 23, 한국민족운동사학회, 1999, 565~592쪽. 1919년 2월 블라디보스톡을 출발한 윤해가 파리에 도착한 것은 파리강화회의가 끝난 뒤인 1919년 9월 26일이었다.

으며, 홍재하와 함께 한국민국제연맹개진회를 세운 바 있다.[22]

이 서신은 프랑스 공산당 중앙위원에게 롱귀에 있는 한인들을 보살펴 주기를 간청하는 내용을 담고 있다. 또 서신에 의하면, 그의 주선으로 1921년 스위프 한인들이 구반쿠르 – 롱귀Gouvaincourt-Longwy로 이주해 공장에서 일하게 됐다는 사실도 밝히고 있다. 이후 윤해는 1921년 말 파리를 떠나 러시아에서 활동했지만, 롱귀의 한인들과 1928까지 여러 차례 서신 교환을 했던 것으로 보인다. 서영해가 롱귀를 찾은 것은 그런 배경에서였다.

알사스 – 로렌 지방은 잘 알려져 있듯이, 1871년 보불전쟁에서 프랑스가 패하면서 독일로 넘겨졌다가 1차 세계대전 종전 후 반환된 곳이었다. 또 알퐁스 도데의 〈마지막 수업〉의 무대가 되었던 곳이기도 했다. 전쟁의 틈바구니에서 희생양이 되어야 했던 이 지역의 운명이 어쩌면 한국과 비슷한 처지라 여겨 평소 가보고 싶었던 곳일지도 모른다. 마침 학업을 중단한 상태에서 롱귀의 한인들과 만나 일자리도 구할 겸 로렌 지방을 갔던 것이 아닌가 생각된다.

---

22 김도형, 〈프랑스 최초의 한인단체 '在法韓國民會' 연구〉, 《한국독립운동사연구》 60, 독립기념관 한국독립운동사연구소, 2018 ; 이장규, 앞의 글.

1928년 4월 파리에 돌아온 서영해는 기자가 되기 위해 고등사회연구학교École Des Hautes-Etudes Sociales의 언론학교École de journalisme에 들어갔다.[23] 소르본느 거리에 위치한 이 학교는 1899년 세계에서 최초로 생긴 언론학교로 후일 파리고등언론학교École supérieure de journalisme de Paris로 개편해 오늘에 이르고 있다. 파리고등언론학교에는 1928~1929년 서영해의 성적표가 남아 있는데, 주로 언론학과 정치학에 관심을 가졌던 것으로 확인된다.[24]

이 무렵 서영해의 삶은 고달프기 짝이 없었다. 그는 팡테옹 근처의 허름한 호텔 쪽방에서 살았다. 대학가와 인접한 이 골목은 주로 가난한 고학생들이 모여 사는 곳이었다. 흥미로운 것은 헤밍웨이 역시 젊은 시절 이곳에서 살았던 점이다. 〈파리는 축제다〉라는 훼밍웨이의 작품에서는 그때의 생활이 눈에 선하듯이 생생하게 담겨져 있다. 헤밍웨이는 이 시절의 생활이 비록 가난했지만 가장 행복한 시간이었다고 말했다. 서영해 역시 자신의 회고록에서 많은 부분을 할애해 파리의 일상을 전하고

---

23   서영해의 고등사회연구학교(École Des Hautes-Etudes Sociales) 학생증(부산박물관 소장 자료). 학생증에 의하면 서영해는 1928년 10월 13일 등록했고, 1928년과 1929년의 학기를 이수한 것으로 확인할 수 있다. 2년 과정 가운데 1년만 등록했음을 살필 수 있다.

24   École supérieure de journalisme de Paris 소장 자료.

있다.[25] 힘들고 고달픈 시간들을 보내야 했지만, 말브랑슈에서 그는 이 책을 쓰고 펴낸 것이었다.

서영해가 독립운동에 본격적으로 나선 것은 1929년 파리에서 열린 제2회 반제국주의세계대회에서였다. 1929년 7월 20일부터 31일까지 열린 이 대회는 세계적으로 전개되고 있는 반제투쟁에 대한 논의를 폭넓게 다루는 자리였다. 한국문제는 '태평양 지역 피억압민족들의 해방투쟁의 현 단계'라는 의제에서 인도네시아·인도차이나·필리핀 문제와 함께 다루어졌다.[26] 이때 서영해는 유창한 프랑스어로 한국 문제를 의제의 중심으로 부각시키는 등 크게 활약했다.[27] 이 사실이 미국으로 알려지면서, 삼일신보사 사장 허정은 1929년 9월 19일 서영해에게 "수학하는 중에 민족사업을 하는 게 너무 멋있으며, 그래서 미안하다"는 내용의 감사 편지를 보내기도 했다.[28]

---

25 서영해, 〈海外서 지낸 十五星霜을 도라다보며〉.

26 고정휴, 《1920년대 이후 미주·유럽지역의 독립운동》(한국독립운동의 역사 54), 독립기념관 한국독립운동사연구소, 2009, 100~101쪽.

27 일제 경찰기록에는 미국 뉴욕에서 《3·1신보》의 특파원으로 파견된 김양수가 '조선대표'로 대회에 보고하고, 김법린·김백평·서영해 등이 참석한 것으로 알려져 있다.

28 허정이 서영해에게 보낸 편지(1929. 9. 29).

고려통신사를 중심으로 외교선전활동을 벌이다

서영해는 1929년 파리에서 고려통신사를 설립한 이래 홀로 대한민국임시정부 파리특파원, 주불대표위원 등을 맡으며 1930~1940년대 유럽지역 외교활동을 담당했다. 그래서 "미주위원부에 이승만이 있다면, 유럽에는 서영해가 있다"는 말이 나올 정도였다.[29]

파리를 무대로 전개한 한국독립운동은 파리강화회의 이후에도 파리위원부 황기환黃玘煥(1887~1923)의 활약으로 프랑스 한국친우회가 성립되고, 재법한국민회 회장 홍재하洪在厦(1892~1960)[30] 같은 인사들이 한인의 결속을 다지면서 이어 나갔다.[31] 당시 재불 한인들은 50여 명 정도로 주로 노동자와 유학생들이었다. 이들은 힘들게 살면서도 직업을 소개해 주기도 하고, 연말이면 송년회를 열고 야유회도 가지면서 우의를 쌓아 나갔다.[32] 서영해의 고려통신사는 재법한인회의 통신처로 활용되면

---

29 국사편찬위원회, 《한국독립운동사 자료》 1권(임정편 I), 1970, 466쪽.

30 김준희, 〈파리의 풍운 반세기, 독립 운동 후속 기수 홍재하〉, 《한국일보》 1971년 2월 16일, 20일, 23일.

31 김도형, 〈프랑스 최초 한인사회와 재법한국민회〉, 《독립운동사연구》 60, 2017.11 ; 이장규, 〈1919년 한인노동자의 프랑스 스위프 이주와 재법한국민회〉, 독립운동사 한불연구회(리벡타스, 파리) 2018. 3, 제3회 발표문.

32 《동아일보》 1929년 1월 1일, "在外同胞 夢寐에依俙한故園 海外風霜十週年"

서 한인사회의 중심역할을 담당해 갔다.[33]

　1932년 4월 중국 상하이에서는 윤봉길 의거가 세상을
진동시켰다. 그러나 도산 안창호가 붙잡히는 일이 벌어
지고 말았다.[34] 이때 서영해는 안창호 체포에 관한 프랑
스 관헌들의 행동에 대해 항의하고 프랑스 정부를 상대
로 석방운동을 펴 나갔다.[35] 이때 서영해가 언론에 발표
한 글이 〈유럽의 자유양심에 고함, Appel à la conscience
libre de l'Europe〉이다. 이 호소문에서는 한국인들이 일
본의 야만적인 억압을 받고 있음을 알리면서, 상하이조
계에서의 안창호 체포는 모든 프랑스인들이 자랑스럽게
여기는 정치적 망명가들에 대한 환대의 전통을 무시하
는 처사라고 비판했다.[36] 프랑스의 진보적 지식들의 모
임인 프랑스인권연맹에서도 프랑스 외무장관에게 공문
을 발송하는[37] 등 서영해를 돕고 나섰다. 프랑스인권연

---

33 Alexandre Guillemoz, "이용제씨의 인터뷰", 1983년 3월 23일(이장규, 앞의 글에
　　서 재인용)

34 도산은 중국 국적을 가지고 있었으나, 프랑스 당국이 그동안 한국독립운동에 '관
　　용(tolérance)'적 태도를 보여왔던 것과 달리 안창호를 일본 경찰에 인도하면서
　　문제가 불거졌다.

35 《도산안창호전집》 제6권, 847~858쪽.

36 〈상해 폭탄사건에 대한 파리 고려통신사 대활동〉(매헌윤봉길의사기념사업회, 《매
　　헌윤봉길전집》 제2권, 2012, 46~47쪽).

37 인권연맹이 프랑스 외무장관에게 보낸 서신의 요구 사항은 다음과 같다.
　　1) 상기 사실에 대한 진상조사가 이루어지고, 사실임이 판명되면 관련자들이 처
　　벌되도록 조치한다.

맹은 10년 전 한국친우회를 만들 때도 적극 도운 단체였다. 비록 도산 안창호의 체포를 되돌릴 수 없었으나, 서영해가 벌인 석방운동은 프랑스 여론을 환기시키는데 크게 기여했다. 그 결과 프랑스 외무장관이 직접 나서 해명하고, 고려통신사 앞으로 해명 서한을 보내기에 이르렀다.[38]

이 책에 이어 서영해의 출판 활동은 《만주의 한국인들 : 이승만 박사의 논평과 함께 리튼 보고서 발췌》(Agence Korea, 1933), 《Miroir, cause de Malheur, 거울-불행의 원인》(Figuiere, 1934)[39] 등으로 이어졌다.

《만주의 한국인들》은 1931년 일제의 만주침공에 대한 이승만의 논평과 함께 리튼 조사단의 보고서를 발췌해 고려통신사에서 소책자로 발행한 것이다.[40] 이 보고서는 국제연맹에 한국문제를 제출하기 위한 자료로 작성된 것이었다. 저자가 이승만으로 되어 있으나, 실제

---

2) 체포된 사람들 중 어떤 기소 사항에도 해당되지 않는 자들은 즉각 석방하고 손해를 배상한다.
장관님의 차후 조치가 어떻게 이루어졌는지 알려주신다면 매우 감사하겠습니다.

38 〈고려통신사 서영해가 보낸 보고서(1932년 7월 21일)〉, 《미주흥사단자료》, 독립기념관 소장 자료.

39 《Miroir, cause de Malheur》(Figuiere, 1934)은 1973년 새문사(서울)에서 복간되었다.

40 국사편찬위원회, 《대한민국임시정부자료집》 18, 2007에 원문과 번역문이 실려 있다.

는 공동 저술이라 해도 과언이 아닐 정도로 서영해가 심혈을 기울여 만든 책이었다.[41] 이승만은 1933년 1월부터 5개월 동안 제네바에 머물며 국제연맹을 상대로 외교활동을 벌였다. 이때 서영해는 이승만과 숙식을 함께하며 활동했다. 국제연맹의 본부가 있던 제네바는 프랑스어권이었으므로, 서영해의 역할은 절대적이나 다름없었다. 이승만이 땅도 설고 말도 설은 제네바에서 활동할 수 있었던 것은 서영해가 있었기에 가능한 일이었다. 사람을 소개하는 것이나 책자 발행, 그리고 프랑스어 통역 등 모든 일이 서영해의 몫이었다. 이승만 역시 그런 사실을 증명하듯이, 그의 〈여행일지 Log Book of S.R〉에서 '나'가 아닌 '우리'라는 표현을 사용해 서영해의 역할을 인정해 마지않았다.[42]

1933년 전반을 스위스 제네바에서 보낸 서영해는 그해 12월 〈한국 문제〉라는 장편의 글을 《Esprit : revue internationale》에 기고했다.[43] 10쪽에 달하는 이 글은 제

---

41 고정휴, 《1920년대 이후 미주·유럽지역의 독립운동》 (한국독립운동의 역사 54), 독립기념관 한국독립운동사연구소, 2009, 190쪽. 서영해가 이승만이 작성한 초고를 찢고 다시 썼다는 일화가 전해지고 있다. 사실 이 책의 내용은 서영해가 앞서 발표한 글들의 논지와 크게 다를 바 없음을 확인할 수 있다.

42 고정휴, 《1920년대 이후 미주·유럽지역의 독립운동》 (한국독립운동의 역사 54), 독립기념관 한국독립운동사연구소, 2009, 178~179쪽.

43 Seu Ring Hai, 'LE PROBLÈME CORÉEN', Esprit : revue internationale, 1933.

목 그대로 한국문제에 관한 서영해의 인식과 견해를 종합적으로 반영한 것이다. 그 요지는 "한국은 42세기 동안 중국이나 일본과 다른 고유한 문화를 지닌 나라였으며, 2천 3백만 명의 한국인은 특유의 운율적 언어를 사용해 왔다. 그런데 1910년 일본 제국주의의 침략으로 자주성을 잃고 말았으며, 일본이 지배한 한국은 말 그대로 '거대한 감옥'이 되고 말았다. 일본은 가장 기본적인 자유조차 박탈했으며, 정치·경제·사회·문화 등 모든 분야에서 무단통치를 강행했다. 가혹한 경제수탈로 땅을 잃고 만주로 내쫓긴 한인들의 수가 1백 만명이 넘고, 그들은 만주에서 독립전쟁을 벌이고 있다"는 것이었다.

서영해는 1934년 두 번째 작품 《거울 – 불행의 원인》을 간행했다. 1929년 첫 작품을 낼 때 근간으로 소개된 것인데, 유럽을 무대로 종횡무진 활약하느라 1934년에서야 출판된 것이다. 한국 전래 민담을 묶어 번역한 이 책 역시 서문에서 밝힌 바 처럼 한국을 프랑스 대중에게 널리 알리기 위해 쓰여 진 것이었다. 이 책에는 35편의 전래 동화와 민담이 수록되었다.[44] 놀라운 해학을 지

12, pp. 391~400.

44 이 책에 실린 민담은 다음과 같다.
거울, 불행의 원인Miroir, cause de malheur : 윤회Yun-whai : 심청전Sim-tchum : 장화홍련전Nénuphar-Rouge: 값비싼 독극Poison précieux : 바람피는

닌 한국 전래의 민담을 통해 한국 문화를 알리려는 뜻에
서 간행한 이 책은 당시 국내에도 소개된 바 있었다.[45]
프랑스 출판계는 서영해의 이 작품을 다음과 같이 소개
했다.[46]

이 콩트는 작가의 어린 시절 기억을 떠올리며 쓴 것이
다. 다양한 지역에서 전래되는 이야기들을 모은 것이다. 어
떤 것은 환상적이고, 또 유머가 가득 차 있다. 이는 한국의
민담을 잘 전해주고 있다. 그런가 하면 불교적 감성을 드러
내는 것도 있다. 그래서 그 지역의 인물이나 전설을 더듬게
해 주기도 한다. 이 민담들은 크고 작은 문학의 변화를 보

여자Femme infidèle : 검은고양이Le chat en deuil : 교묘한 거짓말Un ingénieux
mensonge : 상가심우로인극Sanga-simou-loin koc : 붉은 수숫대의 유래Les
taches du sorgho: 김기수Kim kisou : 흥부와 놀부Houngbou-Norbou : 천안
삼거리의 능수버들Les saules pleureurs de carrefour Tchun-Ansan-gry : 에밀
레종La cloche miraculeuse : 여우와 호랑이Le renard et le tigre : 이상한 심판
Un curieux jugement : 채두봉Tchai Du-bon : 우린Oulin : 혹보Hoc-Bo : 유진
Lieu-Jin : 치악Tchi-Ac : 토끼전Le foie du lapin : 마섭은 착한 동물Maship, la
bonne bête : 방탕한 아이L'enfant polisson : 두꺼비의 보은La reconnaissance
d'un crapaud : 이도리Li Dory : 요술 구슬La bille magique : 잃어버린 서류를
어떻게 찾나?Comment on retrouve les papiers perdus : 어린아이 눈문의 힘Les
puissances des larmes d'un enfant : 아미타불A-mi-ta-boul : 비극의 수수께끼
Une egnigme tragique : 기념 조각Une statue mémorable : 무서운 아이L'enfant
terrible : 한국의 전설Une légende coréenne.

45 《개벽》 신간 제4호 1935년 3월 1일.

46 "France-Japon" Bulletin mensuel d'information, (1934. 10), p. 64. SEU Ring
Hai. Miroir, cause de malheur, et autes contes coreens. - Paris, 1934 (Figuiére).

여주고 있다. 그렇지만 프랑스어로 옮겼음에도 불구하고
한국적 특성을 잘 표현하고 있다. 더군다나 이 민담은 민중
사회의 특성을 표현함으로 보편적 가치마저 지니고 있다.
이 책에서 밝히는 콩트 외에도 한국의 또 다른 민담이 소개
되기를 바란다.

이 책도 프랑스 출판계에 비상한 관심을 불러 일으켰
다.[47] 한국 민담의 해학이 어떠한 것인가를 보여 준 이
책은 한국적 특성은 물론 민중적 지향성을 드러내며 보
편적 가치까지 지니고 있었다. 《어느 한국인의 삶》이 한
국의 역사 문화와 독립운동을 알리기 위한 것이라면, 이
책은 한국의 토속 문화를 프랑스어로 훌륭히 묘사해 문
학성을 높인 작품이었다. 이로서 그는 프랑스 문학계에
서 유명 작가의 반열에 오를 수 있었다.

서영해는 1935년 파리의 한 신문사가 주최한 문예 일
반에 관한 논문 공모에서 〈조선의 생활을 돌러서〉라는
글이 당선되면서 1천 프랑의 상금을 받기도 했다.[48]

---

47   La Renaissance, (1935. 1), p. 26. Bibliothéque de l'INHA / coll. J. Doucet,
      2010-115164, EUGENE FIGUIERE, Editeur 166, boulevard du Montparnasse,
      Miroir, cause de malheur, SEU RING HAI.
48   龍興江人, 〈歐州에서 活躍하는 人物들〉《삼천리》제8권 제2호 1936년 2월 1일.

임시정부 주불특파위원으로 활약하다

서영해의 독립운동은 고려통신사나 개인 활동에 의한 것만이 아니었다. 유럽에서 활동하던 그는 독립운동의 중심 기관으로서 대한민국임시정부의 소중함을 누구보다 절실히 깨닫고 있었다. 임시정부를 중심으로 독립운동계가 통일해야 한다는 것은 그의 일관된 소신이자 신념이었다. 때문에 그는 고려통신사 설립 이래 임시정부와 연락을 취하면서 독립운동의 방도를 모색해 갔다. 1932년 도산 구출운동을 비롯해 1933년 제네바 국제연맹에서 그의 활약은 임시정부뿐 아니라 해외 동포 사회에도 널리 알려졌다.

1934년 4월 2일 임시정부는 그런 서영해에게 주불외무행서 외무위원의 임무를 맡겼다. 유럽은, 1만여 명의 한인사회가 형성되어 있던 미주와 달리, 서영해가 외롭게 독립운동을 지켜나가는 형편이었다. 그렇지만 그는 백범 김구,[49] 조소앙 등과 꾸준히 서신을 주고받으며 임시정부와의 관계를 긴밀히 유지해 나갔다. 그에 따라 임

---

[49] 1935(?)년 4월 10일, 백범이 서영해에게 보낸 서신을 보면, : "영해 선생 회답, 금번 주신 혜함은 감사히 받아 읽었습니다. 심히 만족해 하는 것은 우리 당(필자 주: 한국국민당)과 정부에서 충실한 사업 팔자(八字)를 우선 귀 통신사로 보내 올리겠으나, (一) 인사들에게 (一)통지 발송해 주옵소서. 백범 제, 4월 10일 진강(鎭江)에서"

시정부는 1936년 3월 8일 서영해에게 외무부 주법특파위원으로 선임하면서[50] 주요 역할을 부여했다.

서영해는 임시정부를 중심으로 한 강력한 국제 외교정책을 건의하는 한편 유럽 각국의 인사들에게 일제 침략의 실상을 고발하고, 우리의 정세를 널리 선전해 한국독립운동에 대한 지원을 이끌어 낼 것을 자신의 임무로 삼았다.[51] 한편으로 그는 임시정부 정당인 한국국민당·한국독립당에 가입하면서 멀리서 임시정부를 응원했다.[52] 서영해의 활동 반경은 파리나 프랑스에 그치지 않고 유럽 전역, 필요하면 아프리카까지 확대되었다.[53]

1936년 9월 벨기에 브뤼셀에서 만국평화회의가 열릴 때였다. 서영해는 여기에서 각국의 기자들과 만나 한국독립운동의 상황을 설명하고 세계평화와 동양평화를 위해 한국의 중요성을 역설했다. 또한 40여 개국의 대표들을 일일이 방문하면서 한국 독립에 대한 지원을 호소했

---

50 국사편찬위원회, 《대한민국임시정부 자료집》 1, 2005, 193쪽. 《《대한민국임시정부공보》 제61호(1936. 11. 27).

51 국사편찬위원회, 《한국독립운동사 자료》 1권, 대한민국임시의정원 29회 의회기사록(1936).

52 《한민》 제2호(1936. 4. 29) 《《대한민국임시정부자료집》 35, 국사편찬위원회) ; 〈서영해가 조소앙에게 보낸 편지(1940. 7. 20)〉, 《한국독립운동사자료집-조소앙편 (3)》, 한국정신문화연구원, 1997, 858~859쪽.

53 국사편찬위원회, 《한국독립운동사 자료》 1권, 대한민국임시의정원 29회 의회기사록(1936), 77쪽.

다.[54] 이런 사정을 한국국민당 기관지 《한민》은 다음과 같이 소개했다.

… "(서영해는) 한국 민족이 요구하는 평화는 결코 노예적 평화가 아니요 자유 민족의 평화이니 그러므로 우리는 필사적으로 우리 민족의 자유 독립을 위하여 일본으로 더불어 최후 일각 최후 일인까지 항전할 터인데 무력만 존중하는 일본에 향해 정의 인도의 이론은 우이독경인즉 진정한 평화를 바라는 자는 반드시 한국독립을 정신적과 물질적으로 도와달라고 말했다 한다. … 공회위원회에서는 금후 공인들이 침략국에 대하여 군수품의 제조와 운반을 거절하기로 결의했다"고 한다.[55]

유럽에서 서영해의 역할은 자못 컸다. 국제대회를 홀홀 단신으로 참가하며 자유와 평화를 위한 한국독립운동의 원조를 부탁하는 모습은 눈물겨운 광경이 아닐 수 없다. 그렇게 서영해는 유럽을 종횡하며 활약했다.

중일전쟁이 일어나자 《Regards》는 1937년 8월 5일자에, "평화를 존중하는 모든 사람들이 불안에 떨고 있는

---

54 《독립공론》 제3기, 1936 《대한민국임시정부자료집》 별책 3, 93쪽.
55 《한민》 1936년 10월 15일.

이 일에 대해 극동문제에 대해 특별한 정보와 지식을 갖춘 젊은 한국의 작가, 서영해의 의견을 들어보는 것은 의미가 있다"는 머리 기사와 함께 '베를린-로마-도쿄의 축L'AXE BERLIN-ROME-TOKIO, 중국에 대한 위협은 곧 세계에 대한 위협이다(MENACE Sur la Chine, menace SUR LE MONDE)'라는 서영해의 글을 실었다.[56]

일본이 아시아를 정복한다는 것은 전 세계를 지배하기 위한 전초적 지배의 의미를 지닌다. … 1931년 9월 18일 만주를 점령한 직후 … 젊고 과격한 장교들의 우두머리인 아라키 장군은 만주를 발판으로 더욱 팽창할 것을 주장했다. … 그들에 의하면 소련과 중국이 정열적으로 군사력을 증강하는 상황에서, 몇 년이 지나면 1931년 당시보다 세 배나 강력한 군사력을 지닌 적과 대치하게 된다는 것이다. 그러니 두 나라가 강력한 군사력을 갖추기 전에 공격해야 한다는 것이고, 별다른 저항을 받지 않고 지배할 수 있다는 게 이들의 논리였다. … 이런 상황에서 유럽에서는 스페인 내란으로 정세가 극히 불안에 빠져들어 갔다. 일본은 대륙 침략을 새로운 과제로 설정했다. 중국 전역에 걸쳐 전력을

---

56 SEU RING-HAI, "L'AXE BERLIN - ROME - TOKIO, MENACE Sur la Chine, menace SUR LE MONDE", Regards, 1937. 8. 5, p.3.

다해 침략하기로 결정한 것이다. … 중국은 국가를 재정비
하는데 힘을 쏟아 나갔다. 그리하여 중국의 상황은 정신력
뿐 아니라 군사적 측면에서 크게 힘을 비축할 수 있었다.
국공합작도 기정사실화 되어 갔다. 모든 중국인들이 신분
과 주의의 차이를 극복하고 위기에 처한 나라를 지키기 위
해 강한 결속력을 발휘했다.… [57]

극동문제 전문가인 서영해의 관점은 예리했다. 중일
전쟁의 발발을 곧 불어닥칠 세계 지배를 위한 위협이라
고 본 것이다. 또 일본군의 대륙 침략에 대한 전략을 정
확하게 파악하고, 일제의 팽창을 세계적 구도에서 진단
하고 있었다. 그러면서도 중일전쟁에서 중국이 승리해
주길 은근히 바라고 있었다. 1931년 허무하게 만주를 내
줬던 것과 달리 힘을 비축한 1937년에는 중국의 응전에
기대를 걸고 있었던 것이다. 또한 일본의 소련 침공을
예상하면서, 새로운 세계대전의 위험성을 감지하기도
했다. 이런 일본의 중국 침략이 스페인 내전으로 유럽의
시선이 아시아에 쏠리지 못할 것까지 염두에 둔 것이라
는 지적도 잊지 않았다.

---

57 SEU RING-HAI, "L'AXE BERLIN - ROME - TOKIO, MENACE Sur la
Chine, menace SUR LE MONDE", Regards, 1937. 8. 5, p.3.

서영해의 지적처럼 이 무렵 유럽은 스페인 내전으로 혼란을 거듭했다. 서영해는 스페인 내전을 좌시하지 않았다. 1937년 11월 스페인 내전 1주년을 맞이해 전 세계를 대표하는 지식인들의 모임인 '스페인문화옹호위원회le Comité pour la défense de la Culture espagnole'가 스페인 공화주의자들을 지지할 때 서영해도 대표자 중의 한 사람으로 헌정자 명단에 이름을 올렸다.[58] 30여 명의 헌정자들 가운데는 프랑스, 이탈리아, 독일 등 각국의 지식을 대표하는 사람들이 망라되어 있었다.

서영해는 참가에 앞서 스페인 언론에 다음과 같은 인사말을 보냈다.

마드리드는 오늘날 모든 민족의 자유 수호의 상징입니다. 마드리드 젊은이들을 통해 용감한 민병대와 공화당 스페인 전선의 군인들이 훌륭한 정신으로 문화를 지킬 수 있는 것에 깊은 감사를 드립니다.[59]

중일전쟁과 함께 서영해의 행보도 바빠졌다. 중국 인

58　L'Humanité : journal socialiste quotidien, 1937. 11, 13, p.8. 30여 명 가운데 대표적 인사로 G. FERRERO(이탈리아), Heinrich MANN(독일), Frans MASEREEL(프랑스), Romain ROLLAND(프랑스, 노벨상 수상자) 등이 확인된다.

59　《AHORA》 1937년 7월 9일.

사들과의 유대를 더욱 강화해 가면서 유럽 내 중국의 항일단체와 연대를 이루며 공동활동을 전개해 갔던 것이다. 1937년 11월 중일전쟁의 문제를 해결하기 위해 브뤼셀에서 열린 9국공약회九國公約會에도 대한민국임시정부 주불특파위원의 자격으로 참석하며 외교활동을 벌여 나갔다. 당시 임시정부를 비롯한 한국광복운동단체연합회 선전위원회는 9국공약회에 상당한 기대를 걸고 있었다. 그래서 브뤼셀 회의 의장에게 전문을 보내는 한편 서영해는 전문을 프랑스어로 번역한 뒤 각 처에 배포했다.[60] 그리고 서영해는 9국공약회에 참석한 결과를 1937년 12월 3일 임시정부에 보고했다.[61]

서영해는 중국 인사들과 힘을 모아 1939년 7, 8월 대규모 선전 방책을 추진해 갔으나 2차 세계대전이 일어나면서 무산되고 말았다.[62]

서영해는 1937년 오스트리아 출신의 파리 유학생 엘리자베스 C 브라우어(엘리자)와 결혼해 단란한 가정을 꾸리기도 했다. 그러나 이들 부부는 불과 2년도 채 못되

---

60 김민호, 앞의 논문, 112~115쪽에는 브뤼셀회의에 대한 설명을 자세하게 소개하고 있다.

61 서영해, 〈뿌류셀 구국공약회참석보고서〉, 1937. 12. 3.(부산박물관 소장 자료)

62 〈서영해가 조소앙에게 보낸 편지(1940. 7. 20)〉, 《한국독립운동사자료집 – 조소앙편(3)》, 한국정신문화연구원, 1997, 858~859쪽.

어 2차 세계대전이 발발하면서 생이별의 가슴 아픈 일을 겪어야 했다.[63] 아이가 생기면서 부인이 출산을 위해 오스트리아 친정으로 갔다가, 오스트리아가 나치에 합병되면서 그만 왕래가 끊기고 만 것이다. 이 무렵 명성이 높았던 서영해는 2차 세계대전 당시 나치의 추격을 받아야 했으므로, 오스트리아에 갈 수가 없었다. 1939년 오스트리아 빈에서 그의 아들 '스테판 칼 알로이스 솔가시서'가 태어났고, 현재 오스트리아 빈에는 그의 두 손녀 수지 왕Suzie Wong과 스테파니가 살고 있다.

파리에서 레지스탕스로 활약하다

1939년 2차 세계대전이 일어나자 대한민국임시정부는 국제 외교를 강화해 갔다.[64] 유럽 지역의 외교를 맡고 있던 서영해의 임무는 더욱 막중해졌다. 그런 상황에서 서영해는 독립운동계의 통일을 강조해 나갔다. 그는 1940년 3월 1일 3·1운동 기념일을 기해 미주 동포들

---

63 원희복, 〈원희복의 인물탐구〉 "80년 만에 할아버지 나라 찾은 '수지'" 《주간경향》 2017. 11. 5.

64 《한국독립운동사 자료》 제1권(임정편 I), 국사편찬위원회, 1970, 93쪽. 대한민국 임시의정원은 1939년 10월 3일 중국 사천성 기강 임강구 43호에서 제31회 회의를 열고, 중일전쟁 후 임시정부의 외교활동을 정리하면서 "구미에서는 외교특파원 서영해가 프랑스 파리에 있으며, 기회가 있는 대로 각지로 다니면서 우리의 사정도 널리 선전하며 열국의 동정을 구하여 성적이 자못 양호하고"라 보고했다.

에게 독립운동 세력의 통일을 호소하는 글을 보냈다. 이 글은 다섯 달 후 《신한민보》 1940년 8월 1일자에 '고려통신사의 외치는 소리'라는 제목으로 게재되었다.

우리의 혁명 동지들아! … 명일 국제생활에 큰 변동을 일으킬 금일 구주전쟁은 우리의 유일무이 기회인 것이다. 이럼에도 불구하고 중국 각지에서 활동하는 우리 동포 중 무슨 당 무슨 파하고, 아직도 당파 싸움을 하고 있는 분이 있으니 참 한심하다. 나라가 있은 뒤에야 주의와 당은 뜻이 있을 것이다. 제발 당파 싸움 끊치자! … 무슨 운동이든지 조직이 있어야 하고 중앙 지도기관이 있어야 되는 것이니, 제1 첫째 통일적 임시정부를 빨리 세우고 중국 정부에 향하여 승인을 적극적으로 교섭하는 동시 전 세계에 우리 정부의 존재를 널리 선전하자! 동지로는 우리의 대사업을 인도하는 기관지가 있어야 했다. 선전상 외교상으로 보아서도 이 두 가지의 문제가 퍽 긴급한 바 그 해결 방책을 해외 각 처에서 활동하는 우리 혁명 동지들의 정성에 구한다.

1940년 3월 1일 고려통신사 발.

그는 중일전쟁과 2차 세계대전을 독립 달성의 절호의 기회로 삼았다. 그런데도 독립운동 세력들이 파벌을 형성하는 것에 안타까움을 금치 못했다. 그는 주의와 당파라는 것이 궁극으로는 나라가 있어야 가능한 것임을 거듭 강조했다. 그는 한국독립운동이 나갈 길은 중국인과 힘을 합해 일제와 독립전쟁을 벌이는 것이고, 임시정부를 중심으로 독립운동 세력이 통합되어 그 존재를 세계에 알려야 할 것을 주장했다. 또 임시정부는 기관지를 널리 발행하는 것이 급선무임을 역설했다.

프랑스 파리는 1940년 6월 14일부터 나치의 점령 하에 들어갔다. 이런 상황에서 서영해는 파리의 중국대사관을 통해 임시정부와 연락을 취해 나갔다. 서영해가 7월 20일자로 조소앙에게 보낸 편지에는 2차 세계대전을 바라보는 시국관이 잘 나타나 있다.[65]

먼저 프랑스 패전으로 2차 세계대전이 2단계에 돌입했다고 했다. 독일이 우세한 것은 분명하지만 영국이 최후까지 싸울 것이고, 1940년 10월 미국 대통령 선거가 어떠하든지 미국은 영국을 도울 것이라 전망하고 있었다. 그는 프랑스 패전의 원인이 자유와 평화를 앞세우다가 분방한 나머지 위기에서 거국일치를 이루지 못한 것에 있다고 했다. 그런 점에서 자신도 민주주의자이지만

---

[65] 〈서영해가 조소앙에게 보낸 편지(1940. 7. 20)〉《한국독립운동사자료집 - 조소앙편(3)》, 858~859쪽.

'민주'의 해석을 놓고 고심 중이며, 어느 편이든지 침략적 야욕을 지니고 있으므로 결국에는 소련과 일전을 치룰 것이라 예상했다. 소련 역시 서로 전쟁으로 지칠 때를 기다렸다가 군사적 행동을 하거나 혁명을 일으켜 세계를 변화시킬 것이라 했다. 그러나 세상 사람들이 다 잘 살게 된다 해도 조국의 독립이 이뤄지지 않으면 아무런 소용이 없다면서, 독립운동계는 중국 정부와 민중들과 힘을 합해 일제와 싸워야 한다는 것을 강조했다. 그리고 현 단계에서 가장 중요한 외교와 선전은 대중국 외교로, 중국 정부의 승인을 받아내는 것이 필요하다고 역설했다. 그 다음이 대소련 외교와 선전이며. 미래를 위해서도 소련과의 우의를 깊게 맺어야 할 것을 주장했다. 그 중심에는 임시정부가 중앙 지도 기관의 역할을 해 나가야 하고, 김구에게 소식을 전할 때마다 통일적 임시정부를 튼튼히 세워야 한다고 역설했음을 밝히고 있다. 그리고 임시정부에서 정기 기관지가 없다는 사실은 독립 사업을 하는 과정에서 큰 문제라는 것을 지적하기도 했다.

여기서 특기할 것은 소련과 유대 강화를 강조하는 대목이다. 그러면서 소련 외교는 여러 방책이 있는데, 만약 임시정부가 어렵다면 자신이 나서겠다는 의지도 피력해 마지 않았다. 그는 전후 소련의 한국에 대한 영향력을 내다보고 있었던 것이다.

마지막으로 그는 나치 점령하에서 선전활동의 어려움을 토로했다. 전쟁의 추이를 지켜보다가 전후 강화회의가 열릴 때를 기다리겠다고 했다. 그러나 이때의 편지는 조소앙에게 전달되지 못한 채 1개월 뒤 돌아와, 서영해는 추가 서신과 함께 다시 보냈다.[66]

… 弟는 방금 독일군의 점령지대인 파리에 있는데, 점령 안 된 지대에서는 외국과 교통이 자유하다는 소식을 듣고 그 지대로 가는 인편을 구하야 또 한 번 발신해 봅니다마는 선생께 도착될는지 의문입니다. 英獨戰爭은 도저히 1, 2년 내로 끝날 것 같지 않습니다. 불란서에는 지금 비밀리에 극좌경 혁명운동이 시작되었습니다. 이 전쟁 끝에 어느 편이 이기든지 전 세계에 큰 변동이 있을 것인데, 왜놈과 미국까지 이 싸움에 들어가서 자본주의와 제국주의가 일시에 함께 망하기를 바랍니다. …

이 편지는 서영해가 나치 점령하의 파리에서 생활하

66　독일군의 점령지대인 파리는 외국과 서신 교환을 할 수 없어, 인편을 통해 점령 밖의 지역에서 보낸다는 내용을 덧붙였다.

고 있었음을 말해주고 있다.[67]

1940년 10월 15일 서영해는 다시 조소앙에게 파리와 유럽의 정세를 전하는 편지를 보냈다. 이 편지는 12월 21일 조소앙에게 전달되었다.[68]

… 이곳은 요즘에 음흉한 독일인의 수단에 넘어간 불란서 인사들이 소위 신구라파연합이란 구호 하에 안으로 혁명운동을 탄압하고 밖으로 신구주제국주의를 제창하고 있습니다. 그러나 불국 대중의 심리와 사상을 보아 이 전쟁 끝에 불란서에 대혁명이 있으리라고 생각합니다. … 독·이가 제일 두려워하는 것은 소련이 영국 혹 미국과 악수할까 함인데, 과연 근일 영국이 일편은 모스크에 가서 소련의 호감을 얻자고 노력하며 또 한편으로는 워싱톤에 가서 미·소 악수를 권고하고 있습니다. 미·소 악수는 극동사세 변천과 구주전쟁의 발전을 따라 가능성이 충분이 있습니다. 미국과 소련이 자기의 정치상 경제상 전략상 이해관계를 보아서라도 결국 구주전쟁에 직접 간섭을 하지 아니치 못하리라고 생각되는데, 만약 그리된다면 중일전쟁도 구주전쟁과

---

67 파리가 나치의 점령에 놓일 때 서영해가 드골을 따라 영국에 건너갔다는 일부의 서술들은 사실이 아니다.

68 〈서영해가 조소앙에게 보낸 편지(1940)〉, 《대한민국임시정부자료집》 16(외무부), 국사편찬위원회, 소앙문서.

동시에 해결이 될 것입니다. …

1940년 10월 15일 파리에서

서영해 배상

서영해는 프랑스 정세에 대해 비시정권의 잘못을 지적하면서, 프랑스 대중들이 그것에 반대하는 레지스탕스 운동을 거세게 일으킬 것으로 파악하고 있었다. 그리고 결국은 미국과 소련이 가세하면서 2차 세계대전과 중일전쟁이 해결될 것이라는 전망을 내놓았다.

이 편지를 끝으로, 서영해의 서신은 두절되었다. 파리가 나치에게 점령당한 4개월 후의 일이었다. 서영해의 행적도 묘연하기만 했는데, 환국 후 서영해의 회고가 그 의문을 풀어주고 있다.[69] 그는 이후 나치에 체포되어 6개월간 감금 생활을 했다고 한다. 한국인이라는 것이 이유가 되었던 것이다. 그리고 풀려나서는 '스링하이'라는 중국인 기자로 행세하면서 얼마동안 지내다가, 다시 체포령이 떨어지면서 지하로 들어갔다는 것이다.[70] 즉 레지스탕스의 지하 생활을 보낸 것이다.

나치 점령하에 파리의 언론들은 극심한 통제와 검열

---

69   《중앙일보》 1947년 12월 12일.

70   《중앙일보》 1947년 12월 12일.

을 받아야 했다. 지상에서 나치의 검열을 받던 소수의 언론을 빼고는 대부분의 언론들이 지하로 들어가 활동했다. 당시 프랑스의 지하 언론의 수는 1,400여 개에 달했다. 이들 지하 언론들은 각기 레지스탕스와 연결되면서, 레지스탕스를 연결하는데 중요한 역할을 담당했다.[71] 고려통신사의 서영해도 나치의 체포령에 의해 지하로 들어가, 레지스탕스와 함께 저항운동을 벌였던 것이다.

거기서 나는 문화가 높은 불란서인의 자유를 위하여서는 어떠한 희생도 불사하는 투쟁의 과감성도 보았고, 또 문화인들의 타협을 모르는 의연한 태도도 배웠다. 불란서가 독일군에게 항복하기 전까지는 7개 정당이 난립하여 갑론을박하던 것이 한 번 국권이 기울어지자 공산당을 필두로 나머지 정당은 일제히 지하로 들어가서 민족전쟁에로 총집결하여 희생을 무릅쓰고 자유를 위하여 싸우는 것이었다. "먼저 자유를 찾자!" 이것이 제일의 목표였던 것이다. 이

---

71   La presse clandestine 1940-1944, actes du colloque organisé par l'association des médaillés de la Résistance de Vaucluse et le secrétariat d'État aux anciens combattants les 20 et 21 juin 1985 ; Olivier Barrot et Raymond Chirat, La Vie intellectuelle et culturelle sous l'Occupation, Gallimard, coll. ≪ Découvertes ≫, Paris, 2009.

말을 나는 그대로 우리 정계에도 드리고 싶다. … 마르세 테닌과 기 델타에 두 사람과 친근하여 진 것도 이 지하운동 때였고, 당시로서는 큰 비밀에 속하였던 다음의 세 가지 정보를 나에게 전하여 준 것도 이들이었다. 그 중 테닌이 후에 나치의 게쉬타포에 붙잡혀 총살을 당하고 만 것은 애석하기 짝이 없다. … [72]

그는 지하생활에서 접할 수 있었던 프랑스인들의 자유를 위한 레지스탕스 운동을 높이 평가했다. 서영해는 지하에서도 레지스탕스들과 함께 언론 활동을 펼쳤을 것으로 여겨진다. 그러는 과정에서 프랑스 동지들로부터 비밀스런 정보도 수집할 수 있었다. 마르세 테닌과 기 델타에 등과 가까웠다고 하는데, 이들 레지스탕스들은 이명을 사용했기 때문에 아쉽게도 그 실체를 확인하기가 어려운 상황이다. 서영해가 레지스탕스 활동을 벌인 시기는 대략 3년 정도였다. 이는 임시정부와 서영해가 서신이 두절되었던 기간과도 일치한다.[73]

'서영해 자료'에 의하면, 지하활동을 펴는 동안에도 중

---

72   《중앙일보》 1947년 12월 12일.
73   다른 사실들에서 서영해의 회고가 매우 정확한 점으로 미루어, 그의 레지스탕스
     활동은 사실성이 높은 것으로 판단된다.

국인 Lai Tge Sheng과 서신을 주고받은 것이 확인된다.[74]
Lai가 누구인지 확인되지 않지만 서영해와 동지였던 것
은 분명해 보이는데, 서신들에는 중국인 Lai가 1942년 3
월 9일 경찰에 체포된 뒤 석방을 요청하는 내용을 비롯
해, 서영해가 Lai의 석방을 위해 변호사를 선임한 사실,
또 1944년 6월 국제적십자사에 보호를 요청한 사실, 독
일이 패전한 뒤 나치수용소에 수감중인 Lai의 조속한 파
리 귀환을 미군에 요청해 달라는 내용들이 담겨져 있다.
이 자료만으로 서영해의 활동을 설명하기에는 미흡하지
만, 중국인 동지들과 유대가 깊었던 점, 나치 점령하에
서도 활동의 폭이 넓었던 것 등을 읽을 수 있다.

파리에서 광복을 맞이하다

1944년 8월 연합군이 파리를 수복하면서 서영해의 지상
활동은 재개되었다.[75] 1945년 1월 21일에는 조소앙에게
'Agree Safety'라는 전보를 보내기도 했다.[76] 이것이 무엇
을 뜻하는지 정확히 모르겠지만, 프랑스 임시정부로부

---

74 최지효, 앞의 글, 200~201쪽. 부산박물관 소장 '서영해 자료'에는 Lai와 주고받
    은 서신이 보관되어 있다.

75 서익원, 〈최초의 불어 소설 쓴 서영해는 이런 인물〉 중, 《주간한국》, 1987. 3.22.

76 〈서영해가 조소앙에게 보내는 전갈(1945년 1월 21일)〉, 《대한민국임시정부자료집》
    23권(대유럽 외교), 국사편찬위원회, 2008, 207~208쪽.

터 무언가 동의를 얻었다는 의미로 여겨진다. 전보 직후 1945년 2월 임시정부는 프랑스 임시정부와 외교 관계를 수립했고,[77] 서영해는 임시정부 주프랑스 대표로 선임되었다. 프랑스 임시정부가 대한민국임시정부를 공식 승인하지는 않았지만,[78] 외교 대표를 교환하기로 하고 주불 대표로 서영해를 선임한 것은 독립운동의 성과로서 각별한 의미를 지니는 것이었다. 독일이 항복하자 1945년 5월 김구가 드골에게 축하 전문을 보내고, 드골이 감사의 뜻을 답신하기까지, 서영해는 두 나라 외교의 중심에 있었다고 봐야 할 것이다.

1945년 일본이 마침내 항복하자, 프랑스 유수의 언론지인 《Ce soir》는 8월 16일자로 '한국은 일본제국주의의 최초의 희생자였다'는 제목으로 '한국의 외교대표' 서영해의 글을 게재했다.[79]

··· 우리는 일본 제국주의 침략의 첫 번째 희생자였

---

77 국사편찬위원회, 《한국독립운동사 자료》 1권, 1970, (37회 의회 정부제안 및 결의 제문, 1945) ; 《한국독립운동사 자료》 2권(임정편2), 1971, 181쪽.

78 한시준, 〈중경시기 대한민국임시정부의 외교활동〉, 《한국독립운동사연구》 53집, 2016, 90쪽.

79 GYOMAI IMRE, "La Corée a été la première victime de l'impérialisme japonais", Ce soir : grand quotidien d'information indépendant, 1945. 8. 16, p.1.

다. 수세기에 걸쳐 한국은 언제나 일본의 적이었다. 우리는 문화적으로나 종교, 중국과 가까운 전통 문화 등에서 일본과 공통된 것이 하나도 없었다. … 1910년 8월 29일 한국의 영토가 일본의 지대가 들어가게 된 날은 한국 역사상 가장 치욕적이고 고통스런 날이었다. 그 날 이래 한국인들은 온갖 방법을 동원해 일제에 대한 투쟁을 벌였고, 갖은 압박에도 불구하고 끈질기게 투쟁했다. 일제의 탄압에도 불구하고 한국인의 가슴에 불타듯이 타오른 자유와 독립에 대한 정신의 불길을 끌 수 없었다. … 이 투쟁을 통해, 우리는 조용한 아침의 나라가 자유와 독립을 누릴 수 있다는 사실을 전 세계를 향해 알렸다. … 무엇보다 먼저 우리 한국에 은혜를 베풀어 준 프랑스 공화국에 감사를 드린다. 우리가 자유를 획득하기까지 고난과 역경을 이겨낼 수 있도록 프랑스는 도와주었다. 나는 확신한다. 가까운 미래에 한국은 본연의 모습을 되찾게 될 것이다. 그 날이 올 때 서양에서 프랑스가 했던 역할을 우리는 극동에서 수행할 것이다. 왜냐하면 한국은 프랑스와 같이 조국과 자유, 정의를 사랑하기 때문이다. 나는 의심치 않는다.…

이처럼 서영해는 해방을 맞이하는 날 프랑스 언론을

향해 한국독립의 당위성을 표명했다. 먼저 한국 역사 문화의 정체성을 밝히고, 자유와 정의에 의거한 독립운동의 정신과 진실을 분명히 알린 것이다. 또한 독립운동 시기 프랑스가 보여준 따뜻한 은혜에도 고마움을 전했다. 그러면서 한국은 곧 본연의 모습을 되찾을 것이며, 프랑스처럼 자유와 정의를 사랑하는 나라로서 아시아에서 자기 역할을 담당할 것이라는 희망과 확신의 메시지를 전달했다.

파리에서 해방을 맞이한 서영해는 1945년 9월 5일 프랑스 한국친우회Les amis de la Corée 회장 루이 마랭Louis marin, 1871~1960에게 다음과 같은 편지를 보냈다.[80]

존경하는 회장님께

한국의 독립과 광복을 맞이해, 한국 임시정부의 프랑스 대표인 저는 회장님께 심심한 사의를 표합니다. 회장님은 한국이 역사상 가장 암울한 시기에 처해 있을 때, 한순간의 망설임도 없이 한국을 도와주고 옹호한 프랑스의 고귀한 양심을 대표하는 분이셨습니다.

---

[80] "서영해가 루이 마랭에게 쓴 편지(1945.9.5.)"(Marin, Louis, Bibliothèque nationale de France, département Société de Géographie, SG MS 5378) Notes et documents sur la Chine, la Corée, le Japon et les Philippines dans une reliure à feuillets mobiles.

그렇습니다. 회장님, 우리는 당신을 영원히 기억할 것입니다. 한국인은 우정을 숭상하는 오랜 전통을 간직하고 있습니다. 가슴 깊은 곳에 따뜻한 정을 지니고도 있습니다. 회장님을 직접 찾아 뵙고, 앞으로 한·불관계의 우호를 위해 귀중한 가르침을 받고 싶습니다.

회장님께서 짧게나마 저에게 시간을 허락해 주시면 감사하겠습니다.

깊은 존경을 표하면서, 인사 말씀 올립니다.
서영해, 파리 5구 말브랑슈 7번지.

루이 마랭은 프랑스 하원의원 출신으로 한국친우회 창립 회장을 지낸 인사였다.[81] 프랑스 한국친우회는 1921년 6월 파리에서 한국독립운동을 응원하기 위해 프랑스인들이 조직한 단체였다. 그로부터 25년이 지난 뒤 그 고마움을 잊지 않은 대한민국임시정부 프랑스 대표위원 서영해가 루이 마랭에게 자유를 사랑하는 숭고한 정신과 독립운동에 대한 후의에 깊은 감사의 뜻을 전한 것이다. 짧은 서한이지만, 파리에서 독립운동을 마무리

---

81 국사편찬위원회, 《대한민국임시정부 자료집》 23, 2008, 68~69쪽. 대한민국 정부는 2015년 프랑스인으로는 최초로 독립운동에 기여한 공훈을 기려 루이 마랭에게 애국장을 추서했다.

하는 서영해의 의리를 상징적으로 보여주는 대목이 아닐 수 없다.

29년 만의 환국과 그 후의 자취들…

서영해가 환국한 것은 1947년 5월이었다.[82] 파리에서 해방을 맞이했으나, 임시정부의 환국이 미뤄지는 가운데 그 역시 파리에 머물렀던 것으로 여겨진다. 그러다가 1947년 파리를 떠나 북유럽 및 근동 지방을 순회하다가 1947년 4월 초순 상하이를 거쳐 인천항에 도착한 것이다.

그가 고향 부산에서 잠시 머물다가 서울에 올라와 1947년 7월 첫 인터뷰를 가졌다.[83] 이 무렵 그는 백범이 머무는 경교장을 출입하면서[84] 국내의 정치 현실을 관망했으나, 실망을 금지 못했다.

특히 무수히 난립한 정당을 보고 혼란함마저 느꼈다.

82　《경향신문》 1947년 5월 29일 ; 《한성일보》 1947년 5월 30일, 〈재불 고려통신사장 서영해씨 환국〉.

83　《자유신문》 1947년 7월 10일, 〈구라파 중시하는 조선임을 자각하자, 체불 30년 서 영해씨 귀국담〉.

84　그는 1947년 7월부터 1948년 2월까지 경교장에서 백범과 함께 촬영한 여러 장의 사진을 남기고 있다.(백범김구선생기념사업회 등, 《백범김구사진자료집》, 2012, 325∼345쪽). 사진의 대부분은 국내의 정치 인사들보다는 주로 유엔한국임시위 원단이나 천주교 인사, 프랑스 인사들과 함께 한 것임을 살필 수 있다. 이런 사진 들을 보더라도 정치계와는 일정하게 거리가 두었던 것이 아닌가 여겨진다.

'진리와 철학'을 바탕으로 설립되는 프랑스의 정당과 너무 달랐기 때문이다.[85] 그는 독립운동 당시에도 정파 싸움을 경계하고, 민족사회를 향해 각성을 촉구한 바 있었다. 더욱이 파리에서 자신을 일본대사관에 밀고하고 일본인을 자처하던 사람들이 공공연히 활동하는 것을 보고 경악하고 말았다.[86] 그가 국내에서 일체의 정치활동에 나서지 않은 것은 그런 현실과 무관하지 않았을 것이다. 거기에 서영해에 대한 음모도 진행되고 있었다. 그가 공산주의자라는 것이었다. 백범이 남북협상을 추진할 때 그 특사로 남북을 왕래하며 김일성을 만났다는 등[87] 온갖 루머가 그를 괴롭혔다.

그는 연희전문, 이화여전, 경성의학여전 등에서 프랑스어를 강의하는 한편 《불어교과서》를 출판하는 등 프랑스어 교육에 치중했다.[88] 또한 〈전후 불란서 문화계의 동향〉[89], 〈佛蘭西에서 만난 잊혀지지 않는 女人〉 등을

---

85   《자유신문》 1947년 7월 10일.

86   《자유신문》 1947년 7월 10일.

87   서익원, 〈최초의 불어 소설 쓴 서영해는 이런 인물〉 하, 《주간한국》 1987. 4.25. 이 글에서는 선우진의 증언에 따라 서영해가 개성과 사리원 사이에서 거부당한 채 돌아온 것으로 밝히고 있다.

88   《동아일보》 1947년 11월 23일. 이 책은 정가 300원이었다.

89   서영해, 〈전후 불란서 문화계의 동향〉 《신천지》 1947년 8월(통권 18호, 제2권 제7호).

발표하고,[90] 강연 활동도 펴나갔다.[91] 그리고 1948년 4월 서울에서 조선신문학원 창립 1주년 기념식을 거행할 때 해외연락위원으로 구주대표위원을 맡기도 했다.[92] 구미 각국의 신문관계 도서구입 및 구미 유학생 파견 등과 관련해 도움을 주는 역할이었다. 이처럼 귀국 후 서영해의 활동은 정치와 거리를 두고 교육·문화에 열중한 모습이었다.

서영해는 신문사와 인터뷰에서 "영국 외교협회의 강연 초청을 받아 한국을 소개할 재료를 얻기 위해 1947년 말까지 체류한다"[93]는 내용을 밝힌 바 있다. 아마도 그는 국내와 유럽을 오가며 자신의 역할을 찾으려 했던 것으로 보인다. 그러는 사이 그는 1948년 3월 24일 부산에서 황순조와 결혼도 했다. 그리고 1948년 7월 상하이로 출발할 때 부인 황순조와 동행했다.

서영해는 상하이까지 갔으나, 사회주의자로 몰려 국민당 당국에 의해 체포되고 말았다. 이때 그는 주화대

---

90   서영해, 〈불란서에서 만난 잊혀지지 않는 여인〉 《신세대》 1948년 2월(통권 22호, 제3권 제2호) 1948년 2월 1일.

91   《자유신문》, 1947년 11월 3일. 그는 1947년 11월 3일 전국문화단체총연합회가 개천절 기념 강연회를 열 때 강사로 참가했다.

92   《동아일보》 1948년 4월 8일.

93   《자유신문》 1947년 7월 10일.

표단장 민필호에게 구원을 요청하는 편지를 발송했고, 1948년 8월 중국 난징에 있던 주화대표단장 민필호가 중국 국민당 정부에 서영해 석방을 요구하는 서신을 통해 확인된다.[94] 편지에는 "서영해는 파리에서 신문사 일을 한 사람입니다. 프랑스측의 허가를 받아 고려통신사 등록증을 우리측에서 제공할 테니 하루빨리 서영해를 풀어주시기 바랍니다."라는 내용이 적혀 있었다.

구금에서 풀려 난 직후 서영해는 파리로 향했던 것으로 보인다. 최근 보도에 의하면[95] 1948년 12월 1일 프랑스 외무부 아주국장이 서영해를 면담한 보고서가 발견되었다는 것이다. 아직 자료가 공개되지 않은 상황이라 구체적 내용을 살필 수 없지만, 이 무렵 서영해가 프랑스 은행에서 출금한 사실이 확인되므로 프랑스에 갔던 것은 분명해 보인다. 통장에 의하면 계좌를 개설한 시기는 1946년 10월 22일이고, 이후 1947년 1월 31일까지 거래를 한 흔적이 있는 것으로 보아 서영해는 1947년 1월까지 파리에 머물렀음을 확인할 수 있다. 문제는 환국 이후 1948년 12월 11일에 나머지 잔금 6천 5백 프랑을

94 대한민국임시정부 주화대표단장 민필호가 중국 국민당 정부에 억류된 서영해를 풀어 줄 것을 요청한 편지(1948년 8월), 《조선일보》 2017년 4월 14일 기사에서 인용.

95 《경향신문》 2018년 12월 18일, 〈원희복의 인물탐구〉.

파리에서 출금한 것으로 나타난다. [96]

그렇다고 하면, 서영해는 중국 상하이에서 1948년 8, 9월에 풀려난 뒤 파리에 가서 12월 1일 프랑스 외무부 아주국장과 면담하고 파리 계좌에서 잔금을 찾았던 것으로 해석된다. 그런데 문제는 서영해가 소지한 통장이 어떻게 부산에서 보관될 수 있었던가가 의문이다. 상하이에서 기다리던 부인 황순조 여사가 국내로 귀환할 때 통장을 갖고 들어왔을 가능성이 있는 것으로 여겨진다.

1949년 10월 중국 대륙이 공산화되면서, 한국인들은 대부분 11월에 귀환했다. 그러나 서영해는 중국 국적이라는 이유로 귀국 수송선에 탑승할 수 없었다. 이때 부인을 먼저 국내로 보낸 서영해는 중국 상하이에서 머물러야 했다. 그 후 서영해는 1956년 상하이 조선인민인성학교 졸업 사진에서 보듯이, 인성학교 교사를 지냈던 것

---

96 〈CAISSE NATIONALE D'EPARGNE〉(프랑스 국립저축은행) 서영해 명의 통장, 1946 (부산박물관 소장 자료). 1946년 10월 22일 통장을 개설한 계좌(N° 75-4478,833)의 거래 내역은 다음과 같다.
– 1946년 10월 22일 51,791 프랑 입금
– 1946년 10월 25일 10,000 프랑 출금
– 1946년 12월 4일 20,000프랑 출금
– 1946년 12월 31일 30,000프랑 입금
– 1947년 1월 31일 45,000프랑 출금
– 1948년 12월 11일 6,500프랑 출금, 잔액 291프랑

으로 확인된다.[97] 이후 서영해의 자취는 북으로 갔는지, 아니면 중국에 남아 있었던지 아직도 묘연한 채 베일에 쌓여 있다.

서영해의 지적知的 섭렵과 '영해문고'

끝으로, 서영해를 이해하는데 빼놓아서는 안 될 것이 있다. 바로 국립중앙도서관에서 소장하고 있는 '영해문고'이다. '영해문고'는 서영해가 1947년 환국할 때 28년간 프랑스에서 수집한 장서들을 가지고 돌아온 것을 부인 황순조(전 경남여고 교장)가 보관해 오다가 1982년 기증한 것이다. 서영해가 애지중지하던 장서들을 한데 묶어 놓은 '영해문고'는 573권이다.[98]

'영해문고'에는 황순조 여사의 것으로 보이는 약간의 서적,[99] 자신의 저술과[100] 광복 이후 국내에서 수집한 서

---

97 상해조선인민인성학교 필업사진(1955년 7월 7일). 이 사진은 서영해의 손녀 수지 왕이 제공했다. 서영해가 1958년 중국에서 북한으로 들어갔다는 설이 있으나, 이에 대해서는 추후 면밀한 조사가 따라야 할 것이다.

98 기존에는 859권으로 알려져 있으나, 국립중앙도서관 '영해문고' 목록에는 573권이 확인된다. 859권이라는 것은 부산박물관에 기증한 자료까지 포함한 것이 아닌가 여겨진다.

99 도서 목록 중 가정학과 관련한 서적이 더러 있는데, 이는 가정학을 전공한 황순조의 것으로 보인다.

100 물론 서영해의 《Autour d'une vie coréenne》, 《Miroir, cause de malheur》 등을 비롯해 광복 후 저술한 《초급 불어책》, 《중급 불어책》 등도 포함되어 있다.

적들도 포함되어 있지만,[101] 대부분이 프랑스 망명 시절 수집한 책들로 채워져 있다. 그 가운데는 프랑스어뿐 아니라 영어, 독일어, 스페인어 서적들도 적지 않다. 서영해는 프랑스에 망명하기 전 일본어와 중국어를 어느 정도 습득했으며, 거기에 유럽에서 프랑스어, 영어, 독일어, 스페인어를 익혔던 것으로 보인다. 그런 사실을 증명하듯 '영해문고'에는 《영·불사전》, 《불·영사전》, 《독·불사전》, 《불·독사전》, 《불·라틴사전》, 《라틴·불사전》, 《불·스페인사전》, 《스페인·불사전》, 《불·일사전》, 《일·불사전》, 《불·중사전》, 《중·일사전》, 《일·중사전》, 《조선어옥편》, 그리고 《철학사전》, 《신문학기본사전》 등 사전류만 20여 권에 달한다. 그가 7, 8개 국어를 구사했다고 전해지는 말이 사전들을 통해서도 여실히 확인되는 것이다. 그리고 유럽을 무대로 활동하기 위해 외국어 습득에 얼마나 노력을 기울였던가를 보여주기에 충분하다.

앞서 보듯이 1930년 4월 《L'Intransigeant》와의 인터뷰에서, 영국, 프랑스, 독일, 미국 등 4개국을 비교 분석할 수 있었던 것 역시 각국의 언어적 이해를 바탕으로 가

---

101 최남선의 《조선역사》(1942), 김구의 《백범일지》(1947), 그 밖에도 《삼국지》(14권) 등이 있다.

능했다고 봐야 할 것이다. 그리고 1933년 고려통신사에서 간행한 《만주의 한국인들》에서 보듯이 그는 영어에도 능숙했다.[102] 1937년에는 스페인 언론에 스페인어로 인사말을 남길 정도였다. 그에게 있어 외국어 공부는 유럽을 무대로 독립운동을 펴기 위한 중요한 수단과 방법이었다.

서영해의 손때가 묻은 '영해문고' 장서들은 하나같이 명저들이다. 그 분야도 철학·문학·역사학·문명사·종교학·심리학·법학·경제학 그리고 의학·과학 등에 이르며 동서고금을 아우르고 있다. 그렇게보면 환국할 때 가져온 이 장서들은 그가 프랑스에서 소장하던 더 많은 책들 가운데 추리고 추린 것들이 아닌가 생각된다. 그런 만큼 이 장서들은 그의 지적 섭렵의 실체를 보여준다는 점에서 귀중한 가치를 지니고 있다. 그렇다고 '영해문고' 장서들을 일일이 설명할 겨를이 없으므로, 여기에서는 장서들의 면면을 통해 그의 지적 세계를 대략 가늠하기로 한다.

먼저 고대 이래 유럽의 철학과 인문학, 동서양의 사상과 문학을 아우른 자취를 엿볼 수 있다. 고대 그리스 로

---

102   원래 이 글은 이승만이 영어로 초안한 것을 간행 과정에서 서영해가 새롭게 고친 것으로 알려져 있다.

마신화, 에피크로스의 향락주의적 철학 저술, 아리스토
텔레스와 플라톤, 단테의 신곡, 호머의 일리아드, 오딧
세이 등을 비롯해 서양 근대 철학의 길을 열어간 데카르
트, 몽테뉴, 파스칼, 볼테르, 장 자크 루소, 베르그송 등
의 도덕, 정치, 사회이론, 정치웅변, 양심에 대한 에세
이, 기초 윤리학, 가치판단의 논리학, 법철학, 논리학의
의미, 계몽주의에 관한 저서 등이 30여 권에 이른다.

이성주의적 독일 철학자 헤겔, 칸트, 괴테, 쇼펜하우
어, 니체 등의 저서도 20여 권이다. 프랑스의 문학사나
전래 콩트에 관한 책도 다수가 있다.[103]

다음에 종교에 대한 저서들의 폭이 매우 넓고 다양
한 점이다. 그 가운데 일부 들어보면 종교에 대한 고찰
Propos sur la religion(1938), 부처의 경이로운 기적과 전설La
merveilleuse légende de Boddha(Claude Aveline, 1928), 신성한 국
가 인도L'Inde sacrée(1934), 동양종교에서 죽음의 신비성Le
mystère de la mort dans les religions d'Asie(1943), 예수의 일생, 고통
과 종교, 토마스 아퀴스트의 신학설, 무슬림교의 코란,
루앙의 카톨릭 교리문답집, 고대 그리스어와 히브리어

---

103 관련 책들은 다음과 같다. Contes coréennes(A.Gariche, 1925), Le rêve d´une
     vie(Édouard Schure, 1928), 큐바 흑인들의 콩트, 고하의 콩트(1929), 마농레스코,
     앙티고네(Sophocles), Tristan et Isseult, 덴마크의 꽁트, 안델센의 동화집, 요정들
     의 콩트Conte de Fées(Perrault, 1924), 꽁트단편Contes choisis(모파상)

로 기록된 구약성서와 신약성서, 공자의 삶과 철학, 유교와 불교 등 동서양의 종교에 대한 깊은 관심을 지녔음을 확인할 수 있다. 서영해가 《어느 한국인의 삶》에서 종교적 문명의 관점에서 한국의 역사 문화를 바라볼 수 있었던 것 역시 그와 같은 관심과 이해에서 가능했음을 살필 수 있게 한다.

그리고 세계 역사 문화에 대한 관심도 남달랐음을 볼 수 있다. 그의 장서에는 바빌론 문화, 바빌론 탑, 이집트 문명, 남미 문명과 역사, 스페인 역사, 멕시코 문명, 고대 중국의 혼인관습, 비밀에 싸인 중국, 중국의 문명과 역사, 티벳 사원, 몽고의 역사와 지형(1937), 아이티Haïti의 지형과 역사, 유럽의 역사와 지형 등 20여 권에 이른다.

정치학을 비롯해 사상과 혁명에 대한 장서들도 적지 않다. 눈에 띄는 것만 간추려도 프랑스와 프랑스 통치의 식민국가La France et ses colonies(1928), 권력과 사유Power and thougt, 19세기 초반 제국의 혁명(1929), 진화와 혁명 Evolution et Révolution(1929), 정치도덕La morale politique(1929), 이상적 사회주의와 과학적 사회주의Socialisme utopique et scientifique(1922) 등이다. 거기에 사회주의 관련 장서로서, 사회주의의 심리Psychologie du socialisme(1927) 사회주의의 심리, 사회주의의 목적과 방법Le socialisme : but et moyen(1935),

칼 마르크스의 삶과 철학, 레닌의 일생, 프랑스 노조결
성과 C,G,T, 소련연방 등 20여 권에 이른다. 이런 장서
들은 서영해가 파리에서 휴머니즘을 외치던 진보적 사
회주의자들과 친교가 많았고, 또 1930년대 이후 사회주
의를 수용해 갔던 사실을 뒷받침하는 것으로 이해된다.

심리학 및 도덕 분야에도 관심이 많았음을 살필 수 있
다. 형이상항적 심리학La sensibilité métaphysique(1928), 심리학
과 심리치료(1934), 자아극복 심리Maîtrise de soi-même(1934),
집단심리Psychologie collective(1934), 자아극복을 어떻게 의지
력으로 할 수 있을까Le pouvoir de la volonté sur soi-même(1931),
꿈의 분석Le rêve et son interprétation(Freud, 1925), 공기와 꿈
L'air et les songes(Gaston Bachelard, 1943), 유럽인의 도덕
과 중국인의 도덕Morales européennes et morales chinoises. Justice et
Vérité(1920), 정의와 진실의 기준, 양심에 대한 자료를 통해
서 본 에세이Essai sur les données immédiates de la conscience(Bergson,
1920) 등 10여 권이 넘는다.

저자로는 프랑스의 펠리시앙 샬레Fellicien Challaye와 중국
의 쳉청盛成(1900~1997)이 주목된다. '영해문고'에는, 극
동에서 위협받는 평화(한국관련 보고)Paix menacée en Extrême-
orient(clanteung-Coiee, 1920), 심미학Esthetique(1934), 식민주
의에 대한 추억Souvenirs sur la colonisation(1935), 과학적 철학과

도덕적 철학Philosophie scientifique et philosophie morale(1938), 심리학과 형이상학Psychologie et métaphysique(1940) 등 샬레의 저서 5권이 포함되어 있다. 샬레는 1921년 프랑스 한국친우회를 창설할 때 사무국장을 맡으며 한국독립운동을 지원한 파리 소르본느대학의 철학 교수였다. 서영해가 소르본느대학 철학 과정을 다닐 때 인연을 맺은 이후 언론학교에 재학할 당시에는 논문심사위원으로 연결되고 있었다. 서영해가 1933년 12월 〈한국 문제〉라는 장편의 글을 《Esprit : revue internationale》에 기고할[104] 당시 샬레의 글을 인용할 정도로 두 사람의 교류가 밀접했고, 장서 목록을 통해 볼 때 두 사람의 관계가 이후에도 이어졌음을 확인할 수 있다. 펠리시앙 샬레에 대한 이해는 서영해와의 관계뿐 아니라 독립운동사 차원에서도 더욱 심도있게 다뤄져야 할 과제이다.

'영해문고'에서 쳉칭의 저서는, 나의 어머니Ma mère(1928), 중국 혁명을 통한 어머니와 나Ma et moi. à travers la révolution chinoise(1929) 등 2권이다. 쳉칭은 서영해와 비슷한 또래로 프랑스에 유학한 시기도 비슷하고 작가와 혁명가로 활동한 점 등 여러 면에서 동질적 성격을 지닌 인사였

---

104 Seu Ring Hai, ´LE PROBLÈME CORÉEN´, Esprit : revue internationale, 1933. 12, pp. 391~400.

다. 쳉쳉 역시 프랑스 문단에서 대단한 호평을 받았던 작가였다. 앞서 보듯이 1929년 스페인 언론에서 서영해의 《어느 한국인의 삶》에 대한 서평을 낼 때 '한국의 쳉쳉'이라 이를 만큼 쳉쳉과 서영해는 중국과 한국을 대표하는 작가로 명성을 얻었다.

이 밖에도 '영해문고'에는 중·고등학교 재학 중 공부한 것으로 여겨지는 수학, 기하학, 대수학 분야도 여러 권이 있다. 또 법과 경제학 관련 저서도 상당수가 있다.

이상에서 개략적으로 보더라도 '영해문고'에는 서영해가 유럽을 알기 위해 쏟은 열정과 의지가 온전히 베어 있음을 살필 수 있다. 그것은 한편으로 한국을 유럽에 알리기 위한 길이기도 했다. 유럽 각국의 어학을 비롯해 인문학에서 사회과학에 걸친 그의 지적 천착은 참으로 깊고도 넓었다. 한국의 독립을 세계의 평화 차원에서 추구해 간 서영해의 흔적과 자취는 '영해문고'를 통해 간직되어 있다고 해도 크게 틀리지 않을 것이다.

글을 맺으며

서영해는 3·1운동 때 부산에서 18세의 나이로 만세운동에 참가했다가 중국 상하이로 망명한 뒤 1920년 12월 프랑스 유학을 떠났다. 그는 보배Beauvais에서 초·중등 과정을 이수하고 샤르트르시의 리세 마르소에서 고등과정을 마쳤다. 파리의 소르본느대학 철학과정을 잠시 다녔으며, 고등사회연구학교의 언론학교에서 언론학과 정치학을 이수했다.

서영해는 1929년 7월 파리에서 열린 제2회 반제국주의세계대회를 통해 독립운동계에 이름을 알렸다. 그리고 같은 해 자신의 집인 말브랑슈 7번지에 고려통신사를 설립하고, 한국역사소설 《어느 한국인의 삶》을 출간해 프랑스 문단에서 각광을 받는 작가로 부상했다.

이 책은 프랑스 언론의 관심을 받으며 발행 1년 만에 5판을 인쇄할 정도로 인기가 높았다. 한국의 역사와 문화를 프랑스에 알리는데 이 책은 놀라운 성과를 거두었다. 그뿐 아니라, 이 책에서 서술하고 있는 극동 정세에 대한 해박한 지식은, 극동문제 전문가로 이름을 알리기에 충분했다. 그의 극동 정세관은 그동안 프랑스인들의 인식과 사뭇 달라 신선한 충격을 불러 일으켰다. 일본을 통해 한국을 왜곡되게 인식하던 프랑스의 관점과 달리 한국을 직접 볼 수 있었기 때문이다. 이후 서영해는 극동문제와 관련한 논설을 프랑스의 여러 신문에 발표하면서 일제 침략성을 고발했다. 서영해의 이 책은 스페인까지 알려지며 국제적인 작가로 부상하는 발판이 되었다.

1934년에는 《거울 – 불행의 원인》을 출간했다. 한국 전래 민담을 묶어 번역한 이 책 역시 한국의 전통 문화를 프랑스 대중에게 알리기 위해 쓴 것이었다.

서영해는 1932년 4월 중국 상하이에서 윤봉길 의거가 일어난 뒤 안창호가 일경에 붙잡히자, 파리 외무성을 상대로 구원운동을 펼쳤다. 비록 안창호를 구출하지는 못했지만, 프랑스 외무성으로부터 사후 경과를 통보받는 쾌거를 거둘 수 있었다. 1933년에는 이승만과 함께 제네바에서 국제연맹에 《만주의 한국인들》(고려통신사)을 제출하며 선전활동을 전개했다.

대한민국임시정부는 1934년 서영해를 주불 외무위원으로 임명하면서, 유럽 지역에서의 독립운동을 독려해 갔다. 서영해의 주요 임무와 역할은 유럽 각국의 인사들에게 우리의 정세를 널리 선전해 한국 독립운동에 대한 지원을 이끌어내는 것이었다. 서영해의 활동 무대는 유럽 전역, 아프리카로 확대되었다.

그는 1937년 중일전쟁이 일어나자 "일본의 중국 침략은 세계 평화에 대한 위협이다"라는 글을 통해 '베를린 – 로마 – 도쿄의 축'을 설명하면서 2차 세계대전을 예견하기도 했다. 그는 한국의 독립 문제가 세계평화와 함께 이뤄질 것이라는 신념을 가지고 있었다. 때문에 그는 자유, 평화에 기초한 인도주의를 굳게 신뢰했다.

파리가 독일군에 점령당한 뒤 서영해는 일본의 밀고로 1941년 6개월 간 감금되는 수난을 겪어야 했다. 풀려나서는 레지스탕스들과 함께 3년 여를 지하생활로 보냈다. 1944년 8월 파리 해방 후 그는 임시정부와 연락을 재개하며 자유 프랑스와 대한민국임시정부를 연결하는 가교 역할을 담당했다.

1947년 5월 귀국한 서영해는 혼란스런 정치계에 몸담지 않은 채 문화 방면에 힘을 쏟다가 한국의 남북 분단을 막기 위해 파리로 향했으나, 중국에서 구금되어야 했다. 주화대표단의 도움으로 풀려난 그는 파리에 갔다가 상하이로 왔으나 1949년 중국의 공산화 과정에서 상하이를 떠나지 못한 채 그곳에서 오랜 세월을 지내야 했다. 1956년까지 중국 상하이에 머물던 그의 자취는 이후 묘연한 채 역사의 과제로 남겨져 있다.

서영해는 한국독립운동의 불모지와 같던 유럽에서 20여 년간 독립운동을 지켜낸 주역이었다. 그는 작가로서, 기자로서, 국제정세 전문가로서, 임시정부의 외교관으로서 한국의 독립을 위해 고군분투했다. 일본의 침략성을 누구보다 경계하고 폭로했던 그의 외침과 절규는 이 책의 주인공 박선초처럼 궁극적으로 인류평화에 뿌리를 둔 것이었다. 때문에 자유·평화 사상에 바탕을 둔 그의 독립운동은 외롭고 힘든 가시밭길이었지만, 그 자취는 한국독립운동만이 아니라 세계평화 차원에서도 기억되어야 할 것이다.